.... . .-.. .-.. --- -- -.-- ..-. .-. .. . -. -.. .-.-.-

（Hello, my friend.）

3057 6678 0961 0001 6386 9975

（永远在一起。）

阿温

The Warm

肖燕 著
黄千惠 绘

上海文艺出版社

●●●

冷冰的四肢暖和了起来。

这地方比之前的大了许多。水呢？伸伸胳膊腿儿，什么也碰不到。

原来的地方像个暖暖的水池，很小，只要伸一下手臂，蹬一蹬腿，就能碰到水池壁。水池壁是软的，像是为了保护她。冷冰泡在碰得到壁的水池里睡得很安稳。可是，为什么要换个地方？

方才冷冰冻得哇哇大哭，仿佛被带到了冰天雪地里。周围七嘴八舌的，“太小了。”“四肢发紫，先裹上。”“快点，暖箱！”

冷冰不知道发生了什么，她就是觉得冷。不一会儿，身体被包裹起来，不那么冷了。又过了一会儿，冷冰光溜溜地躺进了没有水、也碰不到墙的房子里。

房子四周透着亮光，却又是雾蒙蒙的。外面的声响时高时低，撞到房子的外墙，又弹了回去。这些声音在冷冰听起来离得远，还嗡嗡的，模糊成一片。能分辨出来的是一些咿咿呀呀的声音，却不着调。好在房子里面是暖和的，很舒服。

冷冰伸胳膊蹬腿，试着触碰一下墙。墙在哪儿？外面的人来来去去的，好像忙得顾不上搭理她。冷冰只得安静地躺着。

冷冰快要睡着时，一只大手从房子外伸了进来。手并不凉，却很陌生。冷冰缩了一下身体。她听到紧挨着房门口传来的说话声，那声音好像在对她说：“不冷了吧，冷冰好乖。”随后，那只大手将冷冰的身体侧过来。冷冰听到什么东西隔着墙叮叮当当落进盘子里，像一阵凉飕飕的风吹来，不由缩紧四肢。

原来我叫冷冰。我应该有个热乎乎的名字才好。冷冰没办法，她是不能够给自己取名字的。眼下她只能躺着，连自己的小拳头都看不清楚。她迷迷糊糊的，又要睡去。房子外面暗了下来，声音也轻了许多。蒙蒙眬眬中，有一小束暖光从后方透进房子里，像一只小炉子。冷冰安稳地睡着了。

在梦里，她又听到那句“四肢发紫了”。冷冰一直举着她的小拳头，她很想看看紫色是什么样的，好看吗?

“哎……”

冷冰听到一个小小的声音在呼唤。这声音是从冷冰的背面传过来的，冷冰听得十分清晰，好像就在耳边，完全没有隔了墙的感觉。冷冰动动四肢，没有触碰到谁，她很奇怪。

“嗨，冷冰，是我。”那个声音又起。

在叫我呢！冷冰第一次听到这个声音，却并不感到陌生。她问：“你是谁?”

“我是阿温，你怎么忘了？”

“阿温？我忘了？”

“是呀！我是阿温，就在你边上。我们本来就认识呀！”阿温说。

冷冰伸伸胳膊，没碰到阿温。

阿温好像知道冷冰在干嘛，就说：“房子太小，只住得下一个人。我住在你隔壁的房子里。”

哦，原来这样。冷冰想，房子明明很大，阿温却说小。这阿温真好玩。可是，冷冰想不起来是怎么和阿温认识的。她想看看阿温长什么样子，但她什么也看不到。

冷冰说：“‘阿温’这名字真好。你是不是很暖和，才叫阿温？”

“嗯，我不冷。我喜欢叫阿温，这名字是我自己取的。”

“什么？你给自己取名字？”冷冰很惊讶。

“这有什么。”阿温又说，“我原先住的房子可大了，比这个房子大很多很多……”阿温实在说不清楚到底有多大，就说：“嗨，我也不知道到底多大，反正你想不到。我记得我是和虎猫睡在一起的。我给虎猫也取了名字，叫绒笤帚，它的大尾巴老是在我身上扫来扫去的，可暖和呢！”

“我能和它玩吗？”冷冰问。

“能啊！可是，我得先找到它才行。”阿温说。

“绒笤帚跑了？”冷冰又问。

“嗯，它时常会跑掉，可我知道在哪儿能找到它。”阿温再往下说的时候有点着急，“我怎么就进了这个小房子里？我不要在这里待着，我要跟绒笤帚在一起。”

接着，传出几声“哎哟”“哎哟”，冷冰猜想，大概阿温想爬起身，去找她的朋友。

发现起不了身，阿温气愤地说：“我得从这个小房子里出去，去我的大房子，我要找到绒笤帚。”又对冷冰说，“你和我一起走吧！”

冷冰说：“这房子不小呀！里面多暖和，外面冷得很呢！”说完，想了一下，又说，“你把绒笤帚找来，我们就在这里玩吧！”

阿温坚持说：“这里太小。”又很无奈，“哎，我怎么躺进这么个小房子里了？想做什么都做不了。”

阿温的话似乎引起了冷冰的同感，她说：“好像也是，要是能翻一下身就好了。”冷冰盼着那只大手赶紧将她的身体翻过去，好对着阿温。

阿温说："翻身有什么用？"

冷冰说："我想看看你呀！你什么时候走了，我也好记住你。"停了一下又说，"哪天要是遇到你，我就能认出你了！"

阿温说："这倒是。可是你都看不到我。"又说，"看到了，以后也不一定认得出我。"然后不吭声了。

看到了怎么会认不出呢？冷冰好想看看阿温。但她举着自己的小拳头，看到的只是个影子在晃啊晃的。她知道就算转过身朝向阿温，她也是看不清阿温的。

阿温见冷冰也不吱声了，就说："你瞧，我哪儿也去不了。就在这儿陪你吧！或许什么时候你就看得到我了。"

冷冰得到了安慰，但她还是问阿温："你真想离开这个小房子吗？"

"当然啦！"阿温的声音低了一点，"现在可走不了。"又想起什么，说："你也不会一直住在小房子里的。"

"那我们都走了，以后怎么见面？我想去找你的话，上哪儿去找？找不到怎么办？"

阿温说："我去找你，我能找得到。"

冷冰问："你怎么找得到我？你又不知道我在哪儿，再说，你怎么认得出是我？”

阿温就说：“这个嘛我现在还不知道。嗨，反正到时候就能找到你！”

冷冰又问：“那得很久以后？”

阿温说：“不会吧？”

冷冰不再吭声。阿温怕冷冰不高兴，就开始讲一些稀奇古怪的事。冷冰听不太懂，不知不觉就睡着了。

01

六点半，闹钟准时响了。冷冰睁不开眼。闹钟不依不饶地喊：“懒鬼，起床啦！”冷冰伸出胳膊，在它脑袋上拍一下，胳膊又缩回被子里。闹钟不响了。隔了两分钟又开始喊：“懒鬼，起床啦！”叫声越来越响。然后，它的脑袋又重重地挨了一下。这么来来回回折腾后，冷冰终于醒了。

隔着素花帘子，天色还是灰蒙蒙的。冷冰在茄红的被子里又窝了一会儿。最后，在门外急促的喊声和敲门声中才从“超级大番茄”里钻出来。她先套上紧身的白色羊毛衫，再罩上浅灰细绒卫衣，然后冲进厕所，洗漱一番。

妈妈靳歆正忙着往杯子里倒奶，看一眼冷冰说：“又要打仗。慢点！谁叫你不起。”随即，微波炉一阵轰响，像是帮腔。

冷冰往牙刷上挤出牙膏。蓝绿相间的牙膏让她想起今天有美术课，她又跑回屋里，拿了彩色笔放进书包。

冷冰跑进跑出，妈妈和爸爸的话从耳边擦过。“跟丢了魂似的。”“准是落东西了。”“幸亏想起来。”“忘了再回来取呗，这么近。”“说的什么话！”

冷冰没工夫说话，她完成了洗漱，看上课时间快到了，就从桌子上揪了一片“白雪公主”面包，用嘴咬着，穿起鹅黄羽绒服，顾不得拉拉链，就背上了书包。

靳歆急着喊她："喝了奶再走！"

冷冰只好喝一口，戴着"白胡子"冲出家门。

冷冰每天都是这样，出了门，一路跑着，将凉了的"白雪公主"胡乱塞进肚子里。每每这时候，她总是暗暗发誓，明天一定要早起一刻钟。她想象多出来的时间起码能好好吃完早饭，而不用将"白雪公主"吃成一团面疙瘩；还有，上学的路上也能轻轻松松的，不会跑得气喘吁吁。可是，日复一日，冷冰从起床到学校还是一刻不得"闲"。

冷冰一家住在翠微小区，靠近南口。学校则在北口附近，出了北口再走两分钟就到。靳歆和冷冰的爸爸冷风都要上班，考虑到实际情况，直接让冷冰就近入了学。再说，烟波小学很不错，很多人都想进呢！

冷冰上学，靳歆送过几次。每次靳歆送完冷冰后，上班的时间都非常赶。她觉得学校离家近，又不用过马路，冷冰自己去学校，还是能够放心的。而且，冷冰嘴上不说，心里却很怕被同学看到，路上时常会跟自己"保持距离"，于是说："冷冰可以自己上学、回家。"虽然这样，还是对冷冰千叮咛万嘱咐的。

冷冰上学前，靳歆在一家私立幼儿园工作，上班要坐几站地铁。每天她都带着冷冰一起去上班。自从冷冰上学后，为了方便照顾，她将工作换到了社区幼儿园，离翠微小区东口不太远。

冷风在私企工作，是数据分析部门的经理。他工作较忙，但时常抽空回家吃饭。和妻子一样，每天冷冰上学后，他也很快上班去了。冷冰就近上学，冷风很高兴，他说："学校离得近，冷冰早上可以多睡会儿觉，还不会迟到。"

可是万万没有料到，冷冰还是会迟到。当然，除了迟到，就是差一点迟到。靳歆很着急，说："得想个法子，不能再这么迟到下去。"冷风倒挺淡定，"迟到挨了罚，就不会再迟到。有什么可急的。""你是不急，老师找的又不是你。"两人你来我去的，心里都知道，说了也是白说。

●

生日那天，冷冰望着雪白的蛋糕上那几朵通红的小蔷薇花，在心里作了一个重要决定：上学的日子要提前二十分钟起床。

靳歆问她："许下心愿了？"

冷冰点点头。

靳歆又问："能说来听听？"看冷冰没回她的话，就说："哦，说出来就不灵了。"

冷冰想，说出来就收不回去了，还是说出来的好。她很严肃地说："明天开始，我每天要早起。"冷冰不想再在上学路上乱发誓。

冷风和靳歆专注地对着她看了一会儿，又相互看一眼，然后问："怎么想通的？"

冷冰说："丢人，路远的都不迟到。"

冷风和靳歆都高兴地点头。冷风问："还有呢？"

冷冰挺一挺身体说："再过几个月，我就要上三年级了，不想再迟到。"

冷风又问："没有别的了？"

"有完没完啊！"冷冰不耐烦了，但还是说："还有，就是吃完早饭再上学。"

靳歆笑了，点头道："嗯，好！"

第二天，冷冰真的提早起床了。还是和以前一样，先是闹钟叫，然后拍"脑袋"，又闹，又拍，再赖床，最后才起。冷冰在前一晚将闹铃调快了二十分钟。

靳歆在烤过的面包片上摞了一只热乎乎的荷包蛋。“咔嚓”一口咬下去，金黄的蛋心流到面包上，又脆又软又香。冷冰发现面包不是“白雪公主”，它上面嵌着些蔓越莓干，酸酸甜甜的，就一颗一颗抠下来放进嘴里。最后还吃了一小罐酸奶，冷冰边吃边瞧，酸奶小罐头是浅蓝色的，蓝里透白，像春天早晨的天空，上面印着“酸滑滑”。冷冰觉得好有意思，她喜欢这个名字，但又不去想：哪里有意思？为什么喜欢？就像每天要做的事情，都去想的话，怎么想得过来！

眼下，冷冰要去上学。她瞟一眼门口那件黄色羽绒服说：“换那件深蓝的吧？黄的有点脏。”

靳歆赶紧过来，拿起黄色的羽绒服说：“蓝的薄，最近天太冷，还是穿这件吧！”又看了看衣服说：“还好，不怎么脏。”

冷冰只好穿上出了门。

从家里走到学校大概也就七八分钟，跑的话，再快一点。冷冰看看时间，还有将近一刻钟呢！她好舒坦。终于不用在二遍铃响的时候冲进教室，或者迟到后杵在门口听候老师发落了。一直以来，冷冰都很烦自己，就不能不迟到吗？特别是穿了这身肥厚鲜亮的黄色羽绒服后，整个人跟吹了气似的，像一只明晃晃的靶子，被所有人盯着。最要命的是有人偏要说一句“大黄鸭来了”，全班马上笑场，连老师也笑。这种时候，冷冰真想一秒钟就缩进位斗里。

清晨的气温总是低一些，冷冰倒觉得还好。她交叉双臂抱紧自己，她是想要抱抱这件厚实柔软的羽绒服。她想象自己正躲在一个胖子暖和的身体里，连呼吸着的空气都不感到有多冷，反而觉得清爽。

冷冰每天走这条路，就是闭着眼也能到学校。可是，不知怎么的，又觉得有点陌生。通往小杂货店的岔路口，什么时候冒出了邮差绿的果皮箱？草地后方有片林子，冷冰往那边走了走。一棵不太粗壮的树引起了她的注意。树的主干又细又斜，在一众树木的映衬下显得十分瘦弱。这棵树上没有一片绿叶，枝条又秃又干，稀稀疏疏的，透着清冷。不过走近了细看，枝条上竟长出了不少针形花苞，挺拔得很。天气转暖后，就会开花吧！小区的绿化地里开花是常有的事，花儿簇拥着冷冰上学、放学，她会感觉到周围明亮了许多，可也并不怎么留意。此刻，冷冰想：要是知道这棵树的名字就好了。冷冰怎么也想不起来，这棵树开没开过花？如果开过花，那是什么颜色的？什么样子的呢？她觉得自己像个傻瓜。

冷冰时刻提醒自己不能迟到，所以并不过多停留，很快又回到去学校的主路上，往小区的北口去。但她还是忍不住边走边往两旁东瞧西看的。小杂货店的门脸好像换了，冷冰印象中它本来是朱砂红的，现在成了原木色。冷冰喜欢这个颜色，觉得看着舒服。奇怪的是，在杂货店的背面靠着墙堆了一些东西，看着也不像是垃圾。店主窦老头不怕被人拿了去？冷冰去店里买过东西，价钱也不比外面便宜，窦老头可是连一点小零头都要计较的。

不知不觉就到了学校。冷冰在打铃前坐到了位子上，离上课还有五分钟。她脱去羽绒服，将其压扁后装进袋子，再塞到位斗里。看到有人迟到，仍旧站在门口等着老师发落，冷冰就想，不能再有“大黄鸭”事件了。

这一天冷冰在学校里过得很愉快。下午的美术课，是她最喜欢的。

邻座的秦雪打着哈欠趴在桌上，嘴里嘟哝：“哎，画什么好呢？”

冷冰瞥她一眼，没去搭理。她只拿出铅笔来，画了上学路上看到的那棵树。她没有上色彩，整棵树的样子不怎么好，只有树干和一些枯枯的枝条，枝条上加了些细细的花苞嫩芽。她想，交完作业发下来，就好好保存着，等到花开了，再把它画上去。

王老师过来看了看，问："怎么不把叶子和花画上？"

冷冰说："它先长花苞。现在花苞还没长好，开花还早呢！"

"不一定非要等花开了才画，至少先画上叶子，不然干枯的枝干看着也不美。"

冷冰想，王老师说得也有道理，虽然不太情愿，她还是添加了一些绿叶。

放学后，冷冰照例沿老路回家。或许因为之前都是急吼吼地跑着去学校，所以回家时虽不着急，但同样的路，习惯走得快，总觉得没走几步就到家了，好没意思。而早晨却是怎么跑都跑不到，还要迟到。

冷冰提醒自己走得慢一点。她想去看看那棵树，又觉得离开花还有一阵子呢，那么急干嘛？她走到岔路上，往小杂货店去。

小杂货店的木门、木窗框才上了清漆，木头的清香混合着淡淡的油漆味。透过门窗，冷冰看到里面的货比以前多了不少，货被整齐地摆放在货架上。冷冰没有马上进去，她绕到小店背后。早晨的那堆东西还在，近看都已破旧，估计是不要了，还没来得及清运。杂草上半旧的柜子，白漆掉了好几处，看着就像穿了一件带破洞的衣服；旁边还有些旧椅子和一些被切割了的柜板。

冷冰奇怪的是，柜子上放着一只看着还很新的台灯，深木纹的底座和柱子，大大的米白色灯罩，灯罩上没有任何图案和装饰，虽然普通，却透着说不出的别致。这么好的灯也不要了？冷冰记得早晨就远远地看到过它。居然没被人抱走？冷冰纳闷。她抱起灯，翻来覆去地看，然后明白了，这灯没有开关。一盏没有开关的灯？冷冰越发好奇，还有些兴奋。她又细心地找了一会儿，还是没找到。她只得放下灯说："没办法，我破不了你的谜。"然后就想进店里问问。

"哎……"

一个小小的声音飘进冷冰耳朵里，像是从婴儿喉咙里发出的。

冷冰停下，看了看周围，没有别人。她知道小杂货店前面还是有不少人进进出出，来来往往的，她又竖耳细听，只有说话声和一些杂音。是听错了吧？冷冰想，然后拔脚又走。

"哎……"

又是同样的声音，冷冰听得真切。奇怪？她向周围仔细查看，什么也没发现。才要再抬脚，她听到了几声婴儿的咳嗽声。冷冰走到那堆东西前，拍一下灯，说："是不是你在捣鬼？"

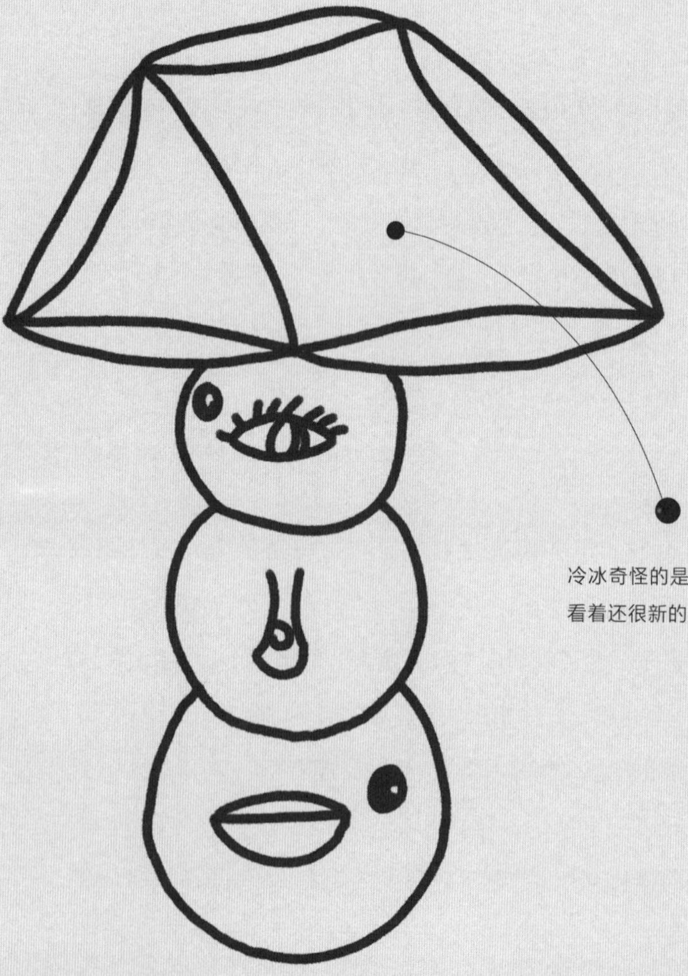

冷冰奇怪的是，柜子上放着一只
看着还很新的台灯。

没有谁搭腔。

冷冰笑笑说："我能知道是不是你。"说着，就抱起它往杂货店走。到了店门口，冷冰都没再听到刚才的声音。她停住脚，点着灯头说："看来就是你。"路人叽叽喳喳地走过，冷冰全然不觉，她在想：怎么办好？想了一下，她走进小杂货店。她问窦老头，能把这灯带走吗？窦老头听了挺高兴，往外甩着手背，连声说："哦，拿走吧，拿走吧！"冷冰出了店门，还听到窦老头说："真搞不懂，没什么用，拿了它去干嘛？"

冷冰也不晓得要干嘛，她就这么抱着灯，傻傻地站在草地上，发了一阵呆。她想，这只奇怪的灯好像非要和她在一起，真是神了。冷冰喜欢上了它。这个时候爸妈还没回家，她想，先偷偷抱回家，琢磨琢磨，兴许就能破了它的谜。冷冰一边往家走，一边对着灯说："幸亏你没开关，不然早就去了别人那里。"

知道家里没人，但她进屋前仍是蹑手蹑脚，小心张望，还冲灯"嘘"了一声。开了门，冷冰迅速钻进自己的屋子里，很快将门反锁。她抱着灯在屋里走来走去，然后掀开床单将灯卧放在床底下，还对它小声说："别出声啊！"

靳歆回来后，看到冷冰一切照常，就先忙着做饭。天完全黑了，冷风匆匆到家，见还没开饭，就敲敲冷冰的屋门，然后探一下头，见屋里有点乱，就要进来帮忙整理一下。

冷冰忙说："我自己会收拾的。"

"什么时候看你收拾过？"爸爸索性进来，看着床上被扔得七仰八叉的羽绒服，"哎，整天乱糟糟的。"边说边往床边走。

冷冰抢先一步抱起羽绒服，塞到爸爸怀里，说："好了，你拿出去挂吧！"就把爸爸往外推。

爸爸叹口气，"你的屋子哪天不是爸爸妈妈收拾的。"又说，"个头小，力气还有点。"就出去了。

冷冰往床下方望一眼，好像那里不是藏了一只台灯，而是躲着一个小伙伴。

02

吃完饭，冷冰神速钻进自己屋里。她没有去拿灯，而是将耳朵贴住门，听听门口有没有脚步声。

脚步声倒没有，但是冷风和靳歆的说话声飘进了冷冰耳朵里。

“这孩子平时且磨蹭呢，今天怎么这么利索？”

“磨蹭点好，消消食，营养能吸收得好点。冷冰这孩子体质弱，别给她太大压力了。”冷风说着，又想了想，“嗯，今天是有点怪，一丢饭碗就钻进屋子里，难道藏了什么宝贝？”

传来一阵笑声，冷冰心里一紧。她好想把灯拿出来捣鼓一番，但她不敢，怕冷风和靳歆随时进来。

好在一连几天，台灯都在床底下安然无恙。冷冰也不是没将灯拿出来过，只是怕被冷风和靳歆回来撞见，所以拿出来看一下，就又放了回去。夜晚，冷冰睡在床上，就像直接枕在了台灯上，睡意蒙眬中，床变成了一艘船，在星空下摇曳，好奇妙啊！

又是晚饭时间，冷冰听冷风说周日要参加朋友儿子的婚宴，心里一喜。

冷风说：“老葛的儿子小格子周日办婚礼。”

靳歆说：“那得去。”又犹豫了一下，“冷冰要不要一起去？”

“不去了吧，没什么劲。”冷冰马上说。

冷风点头道："太吵。"又说，"满桌子都是鱼呀肉啊的，油腻，冷冰吃多了不好。"

"嗯，是的，还是不去的好。"说完，靳歆又叮嘱冷冰："那你一个人在家，别到处乱跑。"

"知道了，我哪儿都不去，就在家。"冷冰对靳歆保证。

●

周六上午，冷冰抄近道去邻近小区西口的绘画教室上课。说是上课，党老师也不怎么教，总是让大家随便画，画完了也不评分，而是把大家的"画作"展示出来，然后班上一阵说笑。

有的家长很不满意，说："这么乱画能学到什么？"还有的嚷嚷着要换掉党老师。

可是，冷冰和同班的小伙伴们都很喜欢党老师。党老师从来不说画得丑，不管看着多么难看，他都会觉得有趣，还问怎么想到的。

冷冰在学校画的那棵树，得了良，下面还有王老师的评语：冬天的树上画上绿叶，展露出了春的生机。冷冰课上听老师说过，画出来的不一定要和看到的一模一样。但是，冷冰也不知道为什么，就是想画一画那棵没有叶子的树。

冷冰在党老师的班上又将那棵树画了一遍，只有枝干和一些细细的花苞嫩芽。她先画了一堵砖墙，然后在墙的右前方画上树，只用了铅笔。看了一会儿，又在左上方的墙面上画了那只台灯，再挑了黄色彩笔，细细地在灯罩下方涂了一片。

党老师和大家一起欣赏，说："砖墙墙面上有一只台灯，灯被点亮了。好，好。"

大家都笑了。

冷冰说："放灯的柜子掉了好多漆皮，看着像破洞，不搭，就没画。"

大家又笑。

党老师点头说："哦，原来这样。很好。"然后把画还给冷冰。

上完课，快中午了。太阳晒着真暖和。冷冰决定从小杂货店那里绕道回家。她去了杂货店的背面，柜子什么的都已清干净了。除了杂草，仿佛这里原来就是空空荡荡的。冷冰想，幸好把灯抱走了，要不然它去了哪里都不知道。这么想着，又觉得自己有点莫名其妙。她钻进小杂货店浏览一番，很快就出来了。经过那棵树，她停下细细瞧了瞧，见花苞又冒出一些，还是没有叶子。两辆小车开过，凉风使劲擦了一下冷冰的脸。天还冷，不到开花的时候，冷冰想，又看一眼树，就往家走。

奇怪，怎么不见爸爸？难道走岔了？冷冰想会不会是因为今天从小杂货店绕了一下。以前，冷冰每次从教室回来，只要看到五号楼口，就会看到冷风站在那儿等她。如果等等不回来，他就会去教室迎她，还会问："小黄人怎么晚了？"冷冰真是拿他没法子，她不喜欢这件羽绒服的颜色，这让她想起大黄鸭事件。她不许冷风这么叫她，还特地换了件深蓝的。冷风连连点头。结果下课回到家，冷风问女儿："蓝精灵今天画得怎样？"冷冰实在无语。妈妈则是一味捏着衣服说："天冷，穿这件怎么行？"又后退一步，打量一番说："看看，这么单薄！"冷冰就叫："哪里单薄啊！"然后拿起黄色羽绒服，甩甩说："黄色的颜色浅，只是看着又厚又大的。"不等靳歆开口，又说："要不我们去找党老师问问？"妈妈笑了，拍一下冷冰道："逗我玩呢！"

眼下，小黄人冷冰进了五号楼，一边上电梯一边想，是不是趁着我上课，爸妈在准备明天参加小格子婚礼的事？五楼到了，出来左拐，摁铃，没动静，就掏出钥匙开了门。冷风和靳歆端坐在客厅花布沙发上看着门口，冷冰吓了一跳，她看到自己抱回家的台灯正杵在沙发前的木质茶几上。

冷冰望着台灯，有种莫名的尴尬和无奈。做了一下深呼吸后，问：“怎么了？”心里想着怎么办。

“这灯哪儿来的？”靳歆问。

“我抱回来的。”

“‘抱’是什么意思？”冷风问。

“就是看它在那个破柜子上，我把它——带回来了呗。”

“‘带’又是什么意思？”靳歆急了，从沙发上抬起屁股。

冷冰看看妈，又看一眼爸，“你们以为我——”她停了一下，说：“是杂货店的窦老头给的。不要钱。”

“窦老头会不要钱？”靳歆瞪大眼珠。

“窦老头给你，你就拿？”冷风叹口气，“走，我跟你一起把它还回去。”

冷冰一听，跑到茶几前，抱住台灯叫：“干嘛！它放我屋里，又不碍事。”还说，“就是放在这厅里的茶几上、柜子上，哪儿都顺眼。”又指指沙发，“你们看，它和这大花布也不冲撞呀！”

冷风点头道：“嗯，倒不难看。可是，你想干嘛？”

“用呗！”

“那打开吧！我看看光源。”冷风话音刚落，靳歆就道：“赶紧的，我倒要瞧瞧这灯好在哪儿？”

冷冰说：“我得先研究研究开关在哪儿。”说着抱起灯要走。

“我已经替你研究过了，这灯没开关。”冷风说。

“我说呢，这窦老头怎么忽然大方起来？平时买点东西，几角钱小零头都不肯抹。”靳歆似乎恍然大悟。

“找不到开关，这才奇呢！它肯定不是一盏普通的灯。”冷冰说。她想起那天听到的奇特的声音，但她没有说，她知道说了他们也不信，还会觉得她哪里不正常。

“再奇，用不了，也白搭。赶紧还给窦老头吧！省得占地方。”靳歆急着要把灯给处理掉。还好，是窦老头给的，她就不用担心什么。

冷风也说：“嗯，还回去吧！”随即站起身。

冷冰看看冷风和靳歆，嘟哝道：“干嘛要送回去？窦老头不要了才扔到杂货店背面的。”

“看看，连窦老头都不要，你还抱回来。”靳歆有点上火。

“我、我喜欢嘛！”冷冰抱着灯，僵立在那里。

靳歆说："这孩子，怎么偏偏看上这么个又大又没用的灯？"

冷风看着冷冰，说："算了，她喜欢，就当个摆设吧！"然后对冷冰说："拿去玩吧，以后别再往家捡东西了。"

冷冰忙点头答应，赶紧抱着灯进屋去了。

●

冷冰将台灯放在床头柜上。写字的时候，觉得书桌上的小台灯的灯光都变得更温暖明亮了。她自言自语道："你好歹哼一声嘛，我跑开你就叫住我，我抱你回了家，你又不吭声。"床头柜上的台灯静静地立着，还是一语不发。冷冰只好说："好吧，你连个开关都没有。"

每晚睡觉前，冷冰都要把台灯抱到床上研究一番，她实在不死心，不相信它会没有开关。可是，结果只有一个。冷冰急起来只好敲着灯头说："你好歹出个声呀！就像那天你让我抱你回来。怎么一回来就变哑巴了？你要在爸妈跟前哼一声，准保把他俩镇住。"然后失望地把灯放回床头柜，顺手关了大灯。

冷冰躺了好一会儿。睡意蒙眬间，听到小小的一声：

“哎……”感觉台灯像根火柴嚓的亮了一下。但她疲倦得睁不开眼，很快就沉沉地滑进梦里。这声音好熟悉，和在窦老头的店外听到的一模一样。但是，睡梦中的冷冰却觉得在很久以前就听到过，它像是从一个曾经住过的地方传来的，是哪里呢？

睡梦里，冷冰问：“谁？”

“嗨，我说我会去找你的。怎么样？我说话算数。”

“你是——”

“阿温呀，你不记得了？”

“阿温？”冷冰觉得这个名字好像听到过，可是想不起来。她使劲想，还是想不起来。不是说，最不能忘记的事情隔多久都会记得？我生出来到现在也没多少年，怎么竟记不得了？冷冰好难过。

“你忘记我啦？”那个小小的声音也有些难过。稍后又说，“那个时候我俩比猫还小，住在小房子里。想起来了？”

冷冰好像做错了事，连说：“让我想想。”她就一直想，一直想……

早上刚醒，梦里的片段模模糊糊的，却总是在脑袋里飘来飘去。我为什么要难过？是因为想不起来吗？冷冰问自己，却又回答不了。她想起爸妈说过，自己刚出生的时候，人太小，进了暖箱。他们还说，进暖箱的也有别的孩子。不过呢，每个孩子情况不同，一个暖箱里只有一个孩子。冷冰脱口说，那多孤单！想到这些，她问爸妈你们还记得我当时在暖箱的时候我的边上是谁？还认得出吗？靳歆和冷风就笑得厉害，说，不看名字，谁记得住啊！婴儿看着都长得差不多，哪儿认得出谁是谁！当然啦，冷风边摸着女儿的头边说，爸爸一眼就能认出你来。说完又反问她，为什么这么问？见冷冰答不出，靳歆也笑着说，除了冷冰，还会有谁会问这样的问题？冷冰也觉得自己傻，怎么会问出这样的话？

整个上午，冷冰都像在半梦半醒中。到了下午，人似乎清醒了一些，只是阿温还是时不时地冒出来。这个叫阿温的只在梦里，还是真的在哪里见过？难不成是在暖箱里的时候遇到的？冷冰终于扑哧笑出声，觉得滑稽。

秦雪没打瞌睡，她兴奋得很，把偷听到的话告诉了冷冰，说是等天暖和了，学校要组织春游。冷冰赶紧问去哪儿。秦雪说，还不知道呢！她俩聊了一会儿春游，冷冰也就顾不得再去想阿温了。

对冷冰来说，春游并不是一件轻松的事情。回家后，一直到熄灯，冷冰都没有对冷风和靳歆提起。她想：还早呢，到时候再说吧！就钻进了被窝。

她想起去年的秋游，去的是湿地公园。亮黄的银杏叶飘落在地，像一把把打开的小扇子层层叠叠的，一路看不见泥土和石子。还有水杉，又高又直，仰头看，好像齐刷刷戳到了天空。据说，有的水杉能活好几百年。真是神树啊！冷冰从它们身旁走过时，连脚步都不知不觉地放慢放轻了。那天，冷冰还闻到了桂花香，走过去，果然看到很多棵桂花树，上面开满了细密的小黄花。冷冰喜欢桂花，妈妈没少做桂花果冻、桂花糕，就是做酒酿圆子，最后都要淋上桂花酱；冷冰还喜欢冲泡桂花茶，热水一倒，小花瓣像被一阵风卷起，又纷纷飘落，趁着热气，闻一阵子香味，比喝还有趣。

自打秋游回来，冷冰就一个喷嚏接一个地打，原以为是感冒，冷冰体质弱，这也是常有的事。因为没有发烧，就没去医院。吃了一周的药，症状不见好转，才去看了大夫，说是体质差引起的过敏。冷冰得忌口，靳歆便格外小心，不光海鲜和笋不能做，连香菇和南瓜什么的也不敢做，搞得她一到做饭就发愁，不知道烧什么菜好。那次过敏，足足拖了快两个月才好利索。

转眼到了冬天，靳歆、冷风如临大敌，对冷冰格外照顾，生怕她哪里又不舒服。冷冰一边享受着父母的精心照料，一边对他们不准她做这个或那个很是不满，这让她觉得憋屈。

想着那些前前后后跟秋游有关的事，冷冰叹了一口气。之后又想到阿温，不知道她有没有烦心事？冷冰翻来覆去睡不着。床头柜上立着的台灯，在夜里显得又大又重。冷冰对它说："要你有啥用？"想了一会儿，又自言自语起来，"你说，到底有没有阿温？昨天在梦里梦到她跟我说话，是不是真的？"停顿一会儿，接着说："梦里的事不都是假的嘛，做完就完了，醒了以后都知道那不是真的。可是，我怎么就觉得那是真的呢？"又说："真是搞不懂！"然后使劲揉搓头发，变成"狮子头"后，低声嚷道："讨厌死了！要是真有阿温，我就去找她！"冷冰好期待阿温能真的出现，这样自己就可以跟她说说话，或者听她说点什么。

"嚯嚯嚯……"

黑暗里冷不丁听到粗声粗气的笑声，冷冰吓了一大跳，赶紧将脑袋缩进被子里，然后大喊："谁呀？"没再听到什么声音。她不敢掀被子，依旧在被子里喊："出去！给我出去！"

厅里响起拖鞋声，冷风进到屋里来，开了灯，走到床边说："做噩梦啦？别怕。"说着从被子里扒拉出冷冰的脑袋，"瞧瞧，这不好好的，鼻子、嘴巴一个不少。"

冷冰谨慎地看看四周，说："我听见有个很粗的声音在笑。"

"哪里呀？"冷风大声说，然后自己哈哈大笑，又对着冷冰说，"是爸爸在笑。"

冷冰只好跟着笑。冷风拿了棍子在屋子里东敲敲西敲敲，算是确认了屋子里是安全的，之后，又提着嗓子安慰了冷冰几句，便关了灯出去了。

冷冰将头埋进被子里，她还是有些后怕，刚才明明听到了可怕的笑声。是谁在恶作剧？哎，要是阿温来就好了。她隔着被子冲台灯说："自打碰到你，我老听到婴儿的声音。昨天做梦，有个声音叫我，跟那天在窦老头杂货店外面听到的一样。还说自己是阿温，好早以前就认得我，现在找到我了。在哪儿？人呢？还有刚才，也是你在捣鬼？这到底是怎么回事？"屋里没有声音。冷冰只好说："算了，不问了，问也是白问。明天我就把你还回去，你去吓窦老头吧！"

"哎，别生气呀，刚才是跟你开玩笑呢！"有个声音在说。

"是谁？"冷冰压着嗓门低吼。

"阿温，我是阿温。"

冷冰听说是阿温，慢慢褪下被子。

灯罩变得明亮起来，散出暖暖的光，瞬间，屋里的夜色退去了一层。冷冰一阵惊喜，噌的从床上坐起来。她摸摸灯罩，说：“这回不是做梦。”

灯罩上现出一只饭团似的脑袋，眼睛小小的，嘴巴是鼓鼓的。

冷冰很意外，她愣愣地看着，好一会儿才回过神来，问：“你就是阿温？”

“嗯。”

“没想到你长得这样。”冷冰说。

“是啊，我自己也没想到。”阿温嘴里正嚼着什么，声音有些含混。

冷冰忍不住笑了起来。又说：“刚才‘嚁嚁嚁’的，干嘛吓我？”

阿温嚼完，用舌头擦了一圈鼓鼓的嘴巴，说：“我不吓你一下，你又得当成是做梦。”

这下好了，原来真有阿温，而且出现了，冷冰好高兴，她问阿温：“你说的住在小房子里的事都是真的？”

“当然啦！怎么，你都忘了？”阿温瞪着冷冰问。

灯罩上现出一只饭团似的脑袋，
眼睛小小的，嘴巴是鼓鼓的。

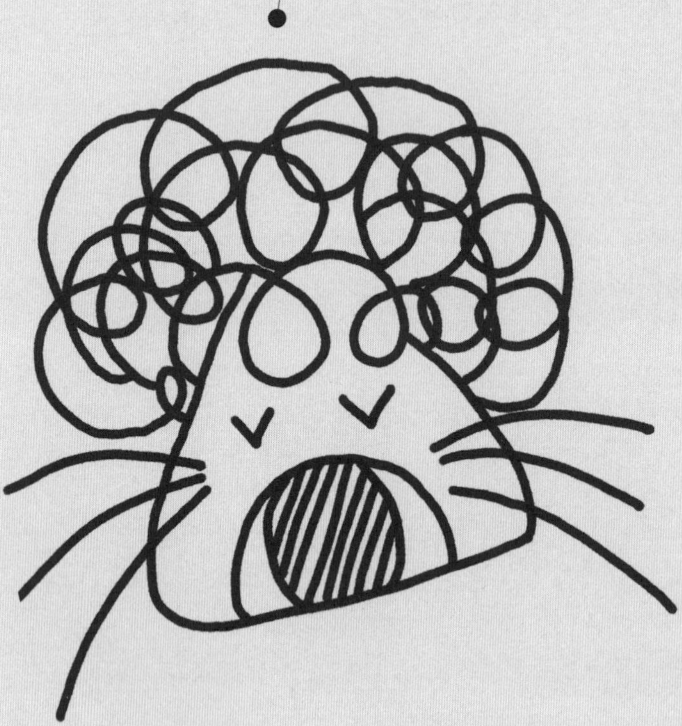

冷冰不好意思地说："也没有啦，好像记得一些。"

"那就好。"阿温满意地点点头，"你要是不记得了，我俩不就成了陌生人？那多糟！"

"就是，我俩打小认识。"冷冰强调一下，又补充道："从住在小房子里的时候就认识。"她将手掌在灯下摊开，这温暖明亮的感觉好像也是熟悉的。

冷冰生怕阿温跑了灯会灭，她要阿温讲故事。

阿温说："讲故事……讲什么好呢？要不你给我讲个故事吧！"

"什么，我讲？我哪有什么故事。每天都差不多。"冷冰说完，不死心，还是央求阿温道："要不你讲讲我们住在小房子里的事情？"

"那些你不是都记得嘛，还要我讲？"

冷冰咽了口唾沫，只好说："我记不太清楚了。"

阿温想了想说："要不我们改天再说？我还有点事。你的时间也晚了，先睡觉吧！"

冷冰只得说："好。"

阿温从灯上隐去，灯光也随即消失。

冷冰重新躺回被窝。整整一夜，她睁眼闭眼都是阿温的饭团头在晃。

吃早饭的时候，她问靳歆："每天都是面包，哪天换个口味，吃个饭团？"

靳歆看着女儿，觉得奇怪，她问："怎么突然想吃饭团了？"想了想说，"早上时间赶，哪来得及呀！"看冷冰不吭声，又说，"怎么不选面条？偏要吃米饭。从早到晚地吃，不腻啊？"她将夹着火腿片、鸡蛋和生菜的三明治放到冷冰面前的盘子上，再从微波炉里取出一小杯牛奶递过去。

冷冰边吃边纠正道："不是米饭，是饭团。"

"我看都一样。"靳歆咬了一大口面包，使劲嚼着。

冷冰看着觉得好笑。

冷风说："你妈吃饭也好笑，中什么邪啦！这孩子。"又关照道："今天有体育课？要是长跑就别硬撑，你吃不消的。"

"知道啦！"冷冰吃完，顺手操起蓝色羽绒服。

"穿黄的，别冻着。"靳歆赶忙说。

"今天不冷。快春天了。"

"还是穿厚点。"

冷冰望向冷风，冷风就说："算了，就让她穿这件吧！"

冷冰赶紧套上蓝色羽绒服，拉链都没拉，就背起书包出门了。

"不能老惯着，天冷。"靳歆埋怨丈夫。

冷风说："还好，冷冰算是听话的。"又安慰道："我看了天气预报，今天比较暖和。"

靳歆就不再说什么，赶紧收拾碗碟，嘴里自言自语的："这个冷冰，怎么突然想起要吃饭团了？"

冷冰出了门，一路都在想着阿温。课上，她被老师叫起来提问，也不知道是怎么回答的。好在没出什么问题，冷冰想，不然的话，老师是会提醒的。冷冰每天走去学校、自修、做操、上课、再自修，然后放学，犹如穿了一双溜冰鞋，顺着惯性溜一圈就到家了。她没觉得有什么不好，大家不都这样吗？但是，她还是觉得心里空落落的。

冷冰进了屋，把书包一扔，就坐到床头，冲着台灯喊："阿温，阿温！"

台灯没反应。

阿温没听见？还是去哪儿了？冷冰好无趣，坐到了书桌前。她想，阿温今天要是不肯讲故事，还是让她冷冰讲，那她就讲给阿温听。故事已经想好了，想了一整天呢，连课都没好好听。

入夜，冷冰困得眼皮子都睁不开了，她还是对着台灯坚持喊着阿温。灯亮了，冷冰使劲睁大眼睛，她看到饭团模样的阿温发着“嗨哟”“嗨哟”的声音在灯罩上绕着圈。米白色灯罩在暖光下，染上了一层蛋糕黄。

“阿温，你怎么才出来？我还以为你听不到我的声音呢！”不等阿温开口，又问：“你在干吗？”

阿温喘着气，没有停下，“你不是看见了，我在跑步。”

冷冰笑了，说：“你在减肥吧？少吃点不就得了。”

“哎，热死了。”阿温说，“都说我是易胖体质，我吃得不多。”

“易胖体质？”冷冰忍不住又笑，“还吃得不多？我觉得你挺爱吃东西的。”

“哪有！就是昨天吃了一点被你看到而已。”说着用一根细手指压住鼓鼓的嘴巴，“我们小声点，别被大松听到。”

“大松？”

“嗯，也是我的小伙伴。我没跟你说过？”

冷冰摇摇头。又问：“我说话它听得到？”

“应该听不到，还是小心点儿，它有时候偷听我说话。”阿温又悄声说，“它老跟绒笤帚闹，我要教训它，可它溜得太快，很难抓得住。我得多练练，趁它不留意，一把抓到它才过瘾。”阿温说到最后一句时，突然冒出一对细胳膊，朝外伸了一把。

冷冰吓了一跳，仿佛被戳到了一般，之后她又觉得好玩。但她没有就阿温的这个动作往下说，她觉得“绒笤帚”好像在哪儿听到过，就顺口问：“你在哪里找到它的？”

阿温摸不着头脑，问：“你说谁？”

冷冰好像望着很远的地方，悠悠地说：“绒笤帚。”

阿温盯着冷冰看了好一会儿，然后说：“你记得挺清楚的。还在小房子里的时候，我是说过要去找绒笤帚。”

冷冰一脸茫然，果真如此，怎么又好像记不起来了呢？

阿温看着冷冰的样子觉得好笑，“怎么啦，刚夸你记性好，这就又糊涂了？”

冷冰说：“也不知道为什么，老想、老想的，反而想不起来。”沉默了一会儿，接着说，“我想不起你原来的样子，可又觉得跟你很熟。”

“你当然想不起来，你都没看见过我。我俩很小的时候，都住在小房子里，我在你隔壁，你背对着我，我们说了好多话。你说长大些要找我，我也说要找你。你看，这不找到了？”阿温清一下嗓子，用婴儿小小的声音喊道：“哎……冷冰，你在吗？”

冷冰浑身发热，她将双手罩住嘴巴，兴奋地应道：“我在呢，阿温。”还朝门口望一眼。然后，冷冰问：“你本事大，为什么现在才来找我？”

阿温说：“我要早点去找你，你还在上幼儿园，太小了，好多事都还说不清楚。”

“嗯，也是。”冷冰点头认可。

然后，她们俩又聊了好些事，十分兴奋。冷冰可是从来没有跟谁一下子说过这么多话，连同桌的秦雪也没有。

她问阿温：“我能见到绒笤帚和大松吗？”

“当然能啦！不过它俩现在跑开了。”阿温说。

冷冰又问：“大松为什么要跟绒笤帚闹？”

“大松说绒笤帚偷了它的大毛尾巴。”

冷冰笑了，说：“大松真霸道。”

“可不是，明明是老鼠，偏说自己原来是松鼠，被绒笤帚偷了尾巴才变成老鼠的。”

“这个大松。”

阿温左右瞧瞧，神秘地伸出细胳膊招呼冷冰靠近点。冷冰觉得细胳膊就差要碰到自己，将自己的脑袋拽进灯里去。

“大松趁绒笤帚不注意，老是去揪它的大毛尾巴，其实它就是想和绒笤帚亲近。绒笤帚也明白，它只是假装不知道而已。大松还是绒笤帚捡来的。”

“真的？”冷冰问。

“那可不。大松也不知道被谁咬了，是绒笤帚拖着它回来的。”停了一会儿，阿温又笑着说，“绒笤帚也真是的，偏偏长了一条大毛尾巴，大松老跟它闹。你别说，那条大毛尾巴搭在身上，可真暖和呀！”

冷冰听得心痒痒的，恨不能也去拽拽绒笤帚的大毛尾巴。“那你再给我讲讲它们的故事吧！”冷冰趁机要求。

阿温说：“它俩的故事都是以前发生的事了。不如什么时候我们一起跑进故事里面去，做故事里的人，谁都不知道故事最后会是什么样，那才好玩。”

“对呀！”冷冰叫道。然后，赶忙捂住嘴。

靳歆的声音飘了过来："还不睡？都几点了？要做夜游神啊！"

冷冰和阿温捂嘴偷笑。冷冰说："那你昨天还让我讲什么故事，你明明知道我连以前的事都没什么可拿来讲的。"

"嗨，我是说着玩的。"又说，"你跟我说的，我都当故事听。"灯暗下来，"不早了，睡觉吧！"阿温说完就隐去了。

冷冰想，幸好，没给阿温讲故事。自己想了一天的故事要是说给她听，说不定反而让她笑话呢！

03

冷冰早起后不再迟到，上学的路上便喜欢东张西望。她发现那棵树上的花苞爆出了鲜艳、饱满的紫红色；而不少人步履匆匆，自顾自往前走，从树旁经过，并不去看一眼漂亮的花苞。

冷冰想，好可惜呀！已经露出了紫红，竟没有人留意。她想起了以前自己跑着上学的情景，有点不好意思。或许行人在回家的时候会看上一眼？她又想。可是，花会在意有没有谁看到它吗？也许它只要美美的在那儿就行了。路过的人即使没有留意，或许也能感受到美丽的色彩，这也没什么不好。此刻，冷冰好想跟阿温说说话。想到阿温，心里一阵欢喜。

自打阿温出现，冷冰不管有什么事都想跟阿温说。她知道自己要说的不是什么故事，阿温也不会笑话。可是，当她一股脑儿地说给阿温听之后，阿温偏偏笑着说，怎么连芝麻绿豆大的事都要讲一遍。冷冰知道阿温故意逗她，因为她看得出，自己说的时候阿温听得津津有味。

●

周六的早饭时间，靳歆特意选了纯白色骨瓷碟，放上亲手做的饭团。冷冰瞪大眼睛盯着看。饭团圆乎乎的，左右上方按了两只黑乎乎、包满紫菜的小饭团，看着就像两只耳朵；饭团的“嘴巴”被一片紫菜封住，好像不准它说话似的。

靳歆望着冷冰，等着她的夸奖。冷风代她问冷冰：“你妈做的饭团怎么样？”

冷冰回过神来，说：“嗯，好玩。”就捏起一只“耳朵”放进嘴里。她不是不喜欢妈妈做的饭团，只是没想到它和阿温的样子完全不同。

靳歆听了冷冰的话，笑着说：“好玩就都吃了吧！”

冷风说：“你妈为做饭团，起得比平时早。”

冷冰就大口吃饭团。米饭把嘴堵得死死的，冷冰觉得自己和饭团一样了，连笑一笑都困难。她想，以后别让妈妈起早做饭团了。

靳歆看冷冰大口吃饭团，很高兴，就说起她班上的事情来，“那个袁小辉啊，整天淘气，不是惹惹这个，就是碰碰那个，班里的孩子都烦死他了。老师们怎么管都管不好。我跟他妈说了好多次，让她多配合老师，可还是没什么用。真不知道家长是怎么想的？到底管没管啊？”

冷风说：“家长也不想孩子这样，应该是管的，但是得看孩子肯不肯听。”

“嗯，我再多想想办法。”靳歆笑着看看冷冰说，“还是我们冷冰好，从来不那样。”

“好啦，你也别太操心。这样的孩子只是个别，哪个班都会有，你再看班级总人数，这个占比就很小了，对吧？”

“这倒是。”靳歆点头，“照理说，每个孩子都不一样，得用不同的方法。可是每天的课多，方方面面都要照顾到，实在没富余的时间和精力了。”说着，叹了一口气。

冷风又接着开解靳歆。

冷冰想着阿温的事，靳歆说的话，她一只耳朵进，一只耳朵出。

●

冷冰急匆匆地跑进绘画教室，见同学和党老师全都到了，就快速将自己填进空位子里。党老师照例让大家随便画。冷冰凭记忆画了阿温的像。党老师一边看，一边笑，说：“这是一只很不一样的饭团啊！”又凑近冷冰，“今天吃饭团啦？”

冷冰点点头，然后说：“吃的不是这只。”她又画了靳歆做的

头上像盘了大大的髻，小小的眼睛滴溜溜的，
嘴巴估计都塞不进一只樱桃。

饭团，点着它说，“吃掉的是这只。”

同学就七嘴八舌的，“昨天我也吃了饭团。”“跟我妈做的有点像。”“甜的还是咸的？”一阵哄笑声起。

党老师也笑，还补一句：“还好，吃的不是这只。”拿起画着阿温的那张示意一下。

大家又笑。门外的家长们不知道教室里发生了什么，都凑到门口张望。大家就笑得更加起劲，好像守着一个共同的秘密，要故意吊吊家长的胃口。

晚上，好不容易等到爸妈睡觉。冷冰睡意全无，她兴奋地拍拍台灯，叫着阿温。她想和阿温说说今天课上的事。

台灯渐渐亮了，一张不认识的脸浮现出来。

“你是谁？”冷冰吃惊地问。

“别大惊小怪的，我是阿温。”

是阿温的声音，冷冰听得很清楚。可是，这完全不是阿温的饭团脸啊！冷冰细看，和之前的饭团脸型正好倒过来，头上像盘了大大的髻，小小的眼睛滴溜溜的，嘴巴估计都塞不进一只樱桃。虽然冷水挺喜欢这张脸，但她还是说：“干嘛要变？都认不出来了。”又说，“既然能变成现在这样，干嘛还要减肥？”

“我有什么办法！我说不变就不变啊？早知道能变瘦，我就不用担心什么易胖体质了。”

冷冰忍不住笑起来。阿温也笑。

“你这么变来变去的，叫我怎么认？”冷冰还是忍不住埋怨。

“嗨，我们第一次认识也没有见过面呀！”阿温说，“我那个时候也不像饭团，你不知道罢了。”

“那时候是什么样？”

“那时候……嗨，我哪儿记得清啊！”又说：“反正以前也变过一些，都蛮胖的，要不怎么说是易胖体质？”

俩人又笑。

“真好玩。”冷冰说。想想也是，长什么样，脸变与不变，其实真没那么重要，只要在一起感觉没变，就仍是好朋友。但是，她冷冰要是换了一张脸，会怎么样呢？她想象爸妈会惊讶成什么样子，他们还认得出自己吗？也许会把她当成别人，或生气，或客气地把她“请”出家门。严重一点，还会把她当骗子。这么一想，冷冰不禁悲伤起来。

“哎，你和我可不一样。”阿温安慰说，好像看透了这位朋友的心事。

“可不，你浑身是魔法，我哪有你的一丁点儿？”

“我可没你说的那么神！会变成什么样，连我自己都不知道啊！”

“真的？”冷冰还是追问一句，但她仍然说：“我还是羡慕你，瞧你多快活。”

“快活是快活。不过，也有不快活的时候。”阿温说。

“除了易胖体质，还能有什么？”冷冰问。

“当然有，”阿温轻轻叹口气，说：“我真怕这么变来变去的，有一天连绒笤帚它们都不认得我了。”

“怎么会？你一开口，大家就知道你是阿温了。”冷冰说。

“万一我变成一只草蛉，不会说话，绒笤帚和大松它们也许真就认不出我了，连你也认不出我来。”

冷冰一时语塞，露出难过的神情。

阿温看一眼冷冰，又说：“我会停在你们身边，看着你们急着找我，找不到就骂我。”说完，自己先笑起来。

冷冰勉强笑笑，阿温的话在她心里留下了一道痕。

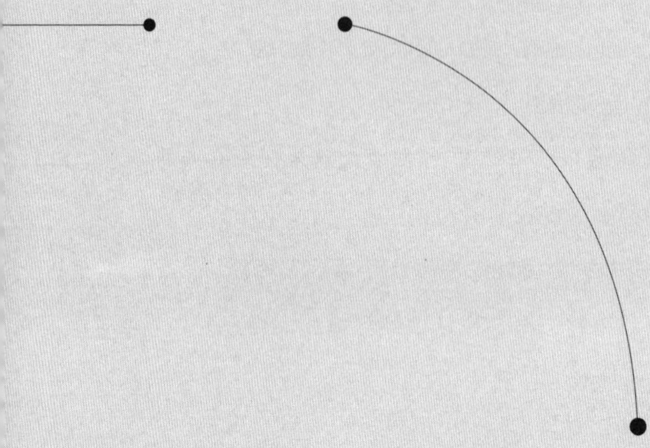

04

这天早晨，靳歆又做了饭团。冷冰没急着吃，而是盯着它发呆。

冷风就问："怎么不吃啊？上次做的像小熊头，看看这个像什么？"

靳歆很得意，说："我昨晚躺在床上，可是想了好半天呢！"

冷冰突然问："我要是哪天变成了另外一个样子，你们是不是就不认得我了？"

冷风和靳歆对望一下，忍不住笑起来。

"变成了另外一个样子？什么样子？"冷风问。

"你是妈生的，你就是现在这个样子，哪里还会有另外的样子？妈就认得你这个样子。"靳歆点着冷冰的脑门说。

"要是变成了另外一个样子呢？"冷冰坚持问。

"那你就告诉爸爸你是冷冰。或者唱个歌，爸爸就能听出来。"冷风说。

"要是变成了一只虫子呢？"

冷风和靳歆又笑了。

"变成了虫子……我想想啊，"停了一小会儿，冷风说，"有了，如果咱冷冰变身为一只可爱的小虫子，"他从茶几上拿过一颗围棋子，“就围着小石块绕三个圈，爸爸就知道是你了，怎么样？”

冷冰想了一下，点头说：“可以。”又问：“如果不是小虫子，是饭团呢？”

冷风和靳歆不知道该怎么往下说了。“怎么又变成饭团了？”“这孩子，干嘛老变来变去的？”

冷冰就说：“想到了就问问呗！”心想，要真能变来变去倒好了，就像阿温那样。阿温的世界一定很好玩。只是，她不想变成一只虫子，或者一个不会说话的饭团。

“哎，要我说啊，你就别变了，让袁小辉变吧！”靳歆说着，又笑出来。

冷冰一听，兴趣转到袁小辉身上，问：“袁小辉又出新花头了？”

“他哪天没有新花头？吃完午饭换衣服，准备午休，大家都换好了，只有汤友光说他没睡裤。我以为是他妈妈粗心忘记带了。有个女生偷偷说，是被袁小辉藏在了储藏柜里。我一翻，还真有。那汤友光也不钻进被子里，就穿个花裤头站着，搞得全班都在笑。就数袁小辉笑得最响。”

冷冰和冷风听了都笑起来。

靳歆看着冷冰说："幸亏我没生男孩儿。"

冷冰想，我要是个男孩儿，应该不会像袁小辉那样吧？那会是什么样呢？冷冰越想越好奇。

"对了，"靳歆突然说，"昨天班里转来一个女生，叫董咚，模样好，也乖巧。"

"然后呢？"冷冰问。

"挺招大家喜欢。"靳歆显得很高兴，没怎么理会冷冰。又自言自语道："要是再来一个袁小辉，可怎么得了！"

"袁小辉蛮有劲的。"冷冰说。

"天呐，还蛮有劲的，我看他就差掀房顶啦！"

"哪有那么严重？"冷冰咕哝。

"我管的可不是一个袁小辉，是一个班，二三十号人呐！"

"行啦，冷冰得赶紧去学校了。"冷风打断了她们的对话。

吃完饭，冷冰照例去学校。每天差不多都是两点一线，最多也就是将这条线当直径画一个圆，时不时地听说一下袁小辉，或者董咚，再或者是谁；时不时地会有一些不怎么意外的事发生。这些人和事跟她冷冰也没有太大的交集。而阿温更像是圆外的光，不时闪烁几下。天气还是阴冷潮湿，冷冰却没有以前那么怕冷了，她常常在冬季的卫衣外加一件摇粒绒外套就出门去。靳歆要给她换上羽绒服，她不让，直说不冷。

冷风说：“会不会是班里的同学都穿得薄，她也不肯穿厚的了。小孩子都喜欢比。”

靳歆就说：“好像是不太怕冷了。刚才摸了她的手，挺热乎的。”

“那就好。”

冷冰边走边想，明明不怎么冷，干嘛不信呢！路上人来人往的，嘈杂得很，冷冰没去理会。她又想起刚出家门时顺耳听到爸爸说的话，他说前阵子刚结了婚的小格子今晚要来家里回礼。为什么要回礼？大人的事情真多，总是那么客气。我到小格子这样的年龄也要结婚吗？跟谁结呢？一想到那个将来要和自己结婚的人都不知道是谁，更不知道在哪里，冷冰就觉得可怕。随后又想，爸爸和妈妈是多大认识的？是在比我大的时候？冷冰想象不下去。但是冷冰是不会去问他们的，还有她冷冰想知道的他们小时候的事情。就是问了，他们也不会好好回答，爸妈总是把她当小孩子哄。大概他们不喜欢讲这些？因为是大人了？冷冰越想越糊涂。大人也是做过小孩子的，怎么变成大人后就这么不懂小孩子了呢？就说小格子吧，爸爸刚才还吩咐过，以后见到小格子，要叫葛叔叔，不能再叫小格子叔叔。问他为什么？爸爸说小格子如今成年了，已经结婚，再这么叫不妥。有什么妥不妥的，冷冰想，结了婚就变成大人了？做大人可真麻烦！而且，大人样样都比小孩强？大人的话一定都是对的？冷冰觉得阿温就比大人强。想到阿温，冷冰冒出个念头来，阿温长大后会是什么样的呢？

冷冰的问题真多，但她找不到答案。因为想着事，她走得很慢。住在一个小区的同班男同学孙晓丞就走在前面，她也没有加快步子。突然，“咣当”一声，冷冰吓了一大跳。一只大铁桶正咕隆隆地朝她滚过来，应该是从前面的小板车上掉下来的。冷冰赶紧往旁边的草地上跑，躲开了它。好多个山芋像集体大逃亡似的，滚向四处。

冷冰认出小板车车主是阿四，四十来岁，住在小区附近。他每天都在小区北口卖烘山芋，看到学生就喊：“快来吃呀，刚出炉的烘山芋，又甜又香的烘山芋！”冷冰听靳歆说过，这种炉子是用空油漆桶改装的，还让冷冰不要买阿四的山芋，所以冷冰一次也没吃过。然而回家路上，常常是一边咽着口水，一边摁着口袋，山芋的香气跟着了魔似的直往她鼻子里钻。

“你干嘛故意这么走？害得我翻车！不许走！”是阿四又细又沙的嗓门，听着就像脖子被揪着似的。

坏了，冷冰看见孙晓丞被阿四拽住了衣领。孙晓丞也看到了冷冰。

孙晓丞涨红着脸，边与阿四撕扯，边说："我都没在你边上，你翻车怎么是我害的？"

阿四说："就是你，还想赖！"

"不是我！"

"不是你？你能证明吗？"阿四一脸赖皮相。

孙晓丞看向冷冰，"冷冰，你说一句。"

冷冰知道孙晓丞不太爱说话，她也相信孙晓丞说的是实话。可是，冷冰刚才确实没有看见。她觉得再这么拉拉扯扯的，上学该迟到了。她没看着阿四，说："不是他。"声音有点轻。

阿四转过头，对着冷冰，再看看孙晓丞，"哈，还是同伙，打掩护啊？"

冷冰想，来不及了，她只好对孙晓丞小声说："我得赶紧走，要迟到了，你也快点。"说着就赶紧往学校跑。

后面还传来阿四的叫声："还想跑？小丫头片子！"

冷冰加快步子，很快进了教室。还没坐好，铃声就响了。

孙晓丞晚了十多分钟才到教室。班主任向老师问他怎么迟到这么久，孙晓丞就说了被阿四拽住的事。

有人喊了一声："谁能证明？"

孙晓丞看一眼冷冰，冷冰举一下手，站起来说："我刚才看见了。"她的音量不大。

向老师叫孙晓丞坐到座位上。

又有人嚷："老迟到的人做证人，可信吗？"有几个人笑出了声。

冷冰不响。

课间，她觉得应该和孙晓丞说点什么，可是不知道怎么开口，说什么好？她把孙晓丞的作业本交给他的时候，孙晓丞只是"嗯"了一声，头也不抬一下。

直到放学后走出学校，冷冰心里还是堵得慌。她看见阿四照常在小区口卖烘山芋。应该就是原来的那只桶，桶身瘪了一块。她气呼呼地从旁边走过。

"小妹妹放学饿了吧？不吃个山芋？"阿四讨好地对着冷冰。

冷冰白他一眼，心想，早上犯坏，这会儿就忘了。

"来一个大的。"有人上前买。

"好嘞！"阿四的声音听着很兴奋。

"阿四啊，天还冷，你就别卖这么久了。"

“嗨，我做的不就是这个生意嘛！您不也辛苦，我要是在这儿，您这会儿也能吃口热的不是？”

“嘿，瞧你这张嘴儿，简直比山芋还甜。”

冷冰走了一段，还听见后面传来的说笑声。她一时觉得阿四其实也没有那么坏。可是又想，他那么对孙晓丞，还不坏啊！她还想到了自己先走的那一幕以及孙晓丞迟到后的情景，心里真有说不出的难受。

●

晚上，小格子带着太太来家里，饭吃了足足两个多小时。冷冰心里老是想着早晨的事，也没兴致跟小格子和他的太太玩。

靳歆问：“明天还吃饭团？”

冷冰说：“不用了。”她匆匆吃完饭，推说作业多，就进了自己的屋子。

关上房门，她还是听得到客厅里的说话声。小格子不住地夸她是个乖女孩，小格子的太太跟着连连说是的。

冷风喝了些酒，一听小格子夸冷冰，话就多了起来。

“她就是看着乖，特别是有客人来。我跟你讲啊，冷冰这孩子可会折腾人。”冷风停下喝一口酒，接着往下说，“前些天，忽然要吃饭团，靳歆就做了一只像小熊头的饭团。没想到吃第二次时问我们，她哪天变成一只饭团，我们还认不认得她？”

客厅里发出一阵笑声。靳歆补充说：“先是说变成另一个样子，又说变成小虫子。”

又是笑声。冷冰想：有那么好笑嘛？

小格子说：“聪明的孩子才有这些奇奇怪怪的想法。”

“你小时候有没有这么想过？”小格子的太太问小格子。

“我？早记不得了。”

“听老葛说过，他小时候也机灵着呢！”

“对对对。”“嗯，嗯。”一片细碎的附和声。

冷冰只想着赶紧见到阿温。

终于，小格子夫妇走了。冷风和靳歆简单收拾了一下就进了自己房间。

夜已深。冷冰躺在床上，竖耳听了一会儿，确认客厅安静了，就轻声叫：“阿温，阿温。”

“嗯，我在呢。怎么啦？”灯亮了，又是一张陌生的脸。

灯亮了，又是一张陌生的脸。

冷冰就当阿温又换了发型，顾不得细究，一股脑儿将今天发生的事告诉了她。

阿温说："看你急的，说话就跟连珠炮似的。好啦，我知道了。"

"哎，我先走，也是怕迟到嘛！"冷冰叹着气道。

"我说，已经发生了的，急也没用。不如静下来想想。"阿温的语气笃悠悠的，嘴里不知道吃着什么。

"我都烦死了！你倒好，又吃上了，不怕胖啊？"

"不要你管。大多数时候，吃不吃都是易胖体质。"然后，细胳膊往外伸了一下。

冷冰感觉头好像被挠了一下，吃惊地看着灯罩，问："你胳膊伸我这儿来了？"

阿温笑笑，将细胳膊动动，说："我胳膊好好的在这里呀！"

冷冰摸摸脑袋，狐疑地看着她说："奇怪，我的头好像被挠了一下。"

阿温笑道："你觉得被挠了一下就对了。我看你心里急，不太高兴，就想打打岔。"又问，"现在是不是心里轻松点儿了？"

阿温这一说，冷冰觉得还真是这样。接着，冷冰便想将白天的事再细致地说一遍。

阿温说："来，不如我们看一下。"

不等冷冰问，阿温就从灯罩上隐去，而灯光依旧明亮。很快阿温不知用了什么魔法，冷冰惊讶地张大了嘴，她从灯罩上看到了早晨上学路上的场景。

冷冰成了旁观者，看着发生的一切。这种感觉很奇特，她从来不曾体验过。她看到孙晓丞在她的左前方走，隔了有二十米左右。阿四骑着小货车从自己左后方过来。估计阿四只顾着往前赶，没看到地面上有块半大的石头，车被绊了一下，车上的炉子摇晃着滚落下来。冷冰看得真切，孙晓丞离阿四的车还有约一米远。有零星的路人走过，没有谁停下来，他们躲开了地上的山芋，大概是赶时间吧。然后就是阿四赖上孙晓丞，拽着他的衣领，要他赔自己的炉子和山芋。

孙晓丞的确是无辜的。冷冰看着自己急忙走开的身影，真恨自己为什么没留下来。

"孙晓丞该恨死我了。"冷冰说，接着又埋怨自己，"我真够窝囊的，在哪儿都不敢站出来。"

"你不是替他作证了？"台灯里传来阿温的声音。

"那也算？"

“当然啦！”不等冷冰再说，“你往下看吧。”阿温提醒道。

冷冰看着自己跑出了灯罩上的画面后，阿四一手拽着孙晓丞的衣领，一手打了孙晓丞一拳。

“还打人！这个坏蛋！”冷冰很气愤。她实在难以想象，孙晓丞上课晚了十来分钟，他到底是怎么脱身的？她暗暗为孙晓丞捏一把汗。

就在阿四跟孙晓丞拉扯中，窦老头跑了过来，他拉开阿四，说：“阿四，这是干吗？跟个学生拉拉扯扯的。”

阿四耍赖道：“他撞了我的车。”

“你骑着车，他走着路，怎么会是他撞了你？”又用手点着阿四的脑袋，“阿四，别尽想歪的，讹人可不光彩。”又对孙晓丞说：“去吧，上学要迟到了。”

孙晓丞愣了一下，之后“哦”了一声，冷冷地瞟一眼阿四，就往小区口跑。

“哎，怎么跑了？”

阿四要追孙晓丞，被窦老头一把抓住。“你有完没完，不害臊！”说着朝阿四身上拍了一巴掌，说，“快，把桶扶起来。”他帮着阿四把桶搬上车，又很快把地上的山芋捡好。

阿四耷拉着脑袋，说："这桶要是坏了，今天生意就做不成了。"

"坏了再买一个，你讹人干吗！"窦老头气呼呼地说。

"再买一个不要钱啊！哎！到处都要花钱，单单小宁这一项……"说着脸上满是愁容。

冷冰心里一动，她想：小宁是阿四的孩子吧？小宁怎么了？看着阿四的神情，冷冰猜想阿四大概过得不太好。她心里有种说不出的滋味。阿四也有他的难，冷冰想。

窦老头很快往阿四兜里塞了什么，估计是钱吧。"先拿着用。"不等阿四再说，他转身就往小杂货店去。

顺着窦老头的脚步，冷冰看到那棵树上竟零星地开了几朵花，是鲜艳的紫红色。真好看，冷冰想，这些天来来回回的，居然没看见。她指着那棵树问："阿温，你知道这是什么花？"

阿温说："紫玉兰。"

冷冰听说过紫玉兰这个名字，原来这就是紫玉兰！冷冰想象着它满树盛开的样子，心里十分期待。

再找窦老头的身影，已经不见了，冷冰想，应该是进了杂货店。对于阿四和窦老头，冷冰实在搞不懂，自己对他俩到底是熟悉还是陌生？

阿温见冷冰不吭声，就问："都看过了，你觉得怎样？"

冷冰清了清嗓子，说："要是没有这件事，孙晓丞就不会迟到，我也不会那么烦。"

阿温说："这好办。"很快，上学路上的那一幕又再现了。

冷冰万万没想到，阿四骑着小货车过来，正要摔倒，一条细手臂突然伸进场景里，将阿四连人带车地揪走了。

接着，孙晓丞顺利地走出了小区。这下不会迟到了，冷冰舒了一口气。她看到自己走得很慢，一路想着心事。原来有心事的时候是这样的，不怎么注意前面，更不关心周围，连紫玉兰开放都没看见。而窦老头当然也没有出现。

一切都很平静，没发生什么。冷冰和孙晓丞各自走着，与其他路人一样，往自己的目的地去。

"这样总满意了吧？"阿温问。

冷冰没吭声。

"像阿四这样烦人的人以后都给揪走。"阿温哄冷冰开心。

冷冰说："一直没有事情发生，好像也挺没意思的。"

"至少你不会为这事生气呀！你的同学也不会迟到。"

"可是，阿四这样的人还是在的，他对孙晓丞不好，我也被阿四弄得很难受，可要是没看到整件事，我哪里知道阿四和窦老头还会是这样的？”

灯上的场景隐去了，阿温再次露面。阿温很认真地点了点头，对冷冰说：“你说的是。事情不都是一种样子的，人也是。”然后表情有点儿神秘，压低嗓子说：“再给你看看别的。”她要让冷冰看一下在冷冰赶着上学的这段时间里，别的地方又发生了什么。

那地方在小区外，离学校不远，是冷冰去学校的反方向。因为上学、放学都不经过，虽然那里和翠微小区离得不远，冷冰也并不往那里去。那边对冷冰来说是陌生的。

一些人围在沿马路的人行道上，吵吵嚷嚷的，不知道发生了什么。冷冰听到几声“啵，啵，啵”的声音，很像两只空心拳头相互叩击发出的，场景也随之拉近。冷冰看到一个熟悉的人，是班主任向老师。

几个人围着她，不让她走。他们七嘴八舌的：“问你一下路，干嘛那么不耐烦？”“你算老几？”“把我们当傻瓜？你才是傻瓜！路都说不清楚。”

向老师则急得大声说：“什么傻瓜不傻瓜的！我都说了那么仔细，你们不明白我有什么办法！”又看看表，说：“拜托，我还得上班。”就急着要离开。

“什么态度！不能让她走！”这伙人不依不饶，拦着向老师的路。

冷冰没想到，在自己上学的时候向老师也碰到了麻烦。她记得今天早上向老师并没有迟到。还好，她想。但她还是想知道向老师是怎么离开的。她接着往下看。

再不走就要迟到，向老师看上去很着急，她用力甩开挡道的人，不顾一切地冲了出来。

“想跑？拦住她！”有人喊。

向老师突然转过身，卸下身上的斜挎包，两手拎着包带，“想动手的上来！”

那伙人呆立住，没有谁敢动手。

向老师盯着对方，重新背上包，整理一下上装，然后转身往学校走。走了一小段后，她就跑起来，冲进学校。

冷冰觉得向老师好帅，这和课堂上看到的向老师有些不一样。向老师虽然严厉，但很多时候还是比较随和的。冷冰怎么也没想到，向老师还有这一手。冷冰说：“看来不管在哪里，都有事情发生啊！”一想到各个地方、角落随时都有事情发生，而且都是自己想不到的事情，冷冰不禁觉得世界真大，而自己的活动范围实在太小了。

阿温说："嗨，到哪儿都是这样，不是开心的事，就是不开心的事，或者就是个事，反正都会有事的。"

冷冰连连点头，说："是呀！有时候看得到，有时候看不到。"想了一下，又说："可有时候很想看到，有时候又不想看到。"

阿温"嗯"了一下，赞同冷冰说的。

冷冰突然问："阿温你本事真大，能让我看到这么多，不如再让我看一下以后我会碰到什么事吧！"

阿温说："那我可没这个本事。这没发生的事随时都会有变化的。好比你要这么做，后来又不这么做了，说不定你就改变了呢？"

冷冰想想也对，以后的事是会变的，她冷冰或许就会变成自己想不到的样子。这么想着，冷冰觉得有趣，也有点兴奋。

阿温说："时间不早了，你睡吧。"

冷冰怕阿温隐去，赶紧说："下次你带绒笤帚和大松来？"

阿温说："好啊！"然后顺顺喉咙，补一句，"哎，这绒笤帚和大松就没一刻老实的，我都懒得找了。"

05

自从见到阿温，冷冰有了不小的变化。这变化最初是靳歆发现的。她偷偷对冷风说：“你发现没有？冷冰最近特别用功，一吃完饭就跑回房间做功课。”

冷风说：“也许搞什么新花样，躲进屋子里玩去了。小孩子对学习哪有那么自觉？”他看看妻子，拍一下她的肩膀，“冷冰这孩子从小就弱，只要她身体好，开心一点，学习嘛，过得去就行了，是吧？”

靳歆道：“嗯，是这样。我也不求她学习有多好，只要平平安安的，我就放心了。”说完这些，靳歆沉默，不再说话。

“别担心，医生不是说，那次抽搐或许只是一次例外，孩子弱，一时脑缺氧引起的。长大些，体质好了，也就没事了。”冷风安慰靳歆。

“但愿如此。”又说，“冬天就快过了，冷冰今年还算不错，上个月感冒倒没引起肺炎。真是谢天谢地。”

“嗯，以后感冒也会越来越轻的。我们冷冰健康得很。”冷风还握着拳，举一下手腕。

靳歆笑了，“我要是有你这么乐观就好了。”想了一下，说：“哦，对了，下个月学校可能要春游，冷冰去还是不去？”

“她自己想去，就先报个名吧。”

“我看这天忽暖忽冷的，真是担心！”

“那……到时再看情形？”

“嗯，看看再说。”

冷冰不知道冷风和靳歆正在说她的事，就算知道，她不听也知道他俩会说些什么。她知道爸妈对自己好，比谁都关心她，可是他们总是要说服她，并不问她自己是怎么想的，总说小孩子不要太任性。要是不巧感冒什么的，就会说：看看，生病了吧？叫你别这样，你非要这样。

阿温不是这样的。冷冰有时候说着说着，就忘了自己原先想说什么，常常想到哪儿就说到哪儿。阿温不光听，还跟着说来说去，问这问那，最后跟无轨电车似的，开到哪儿是哪儿。冷冰很喜欢这样，她一心盼着阿温出现，能和她多说说话，说什么都行。而且，阿温变来变去的样子也很有趣，虽然阿温很无奈，说在这一点上自己也没办法，只求哪天不要突然变成一只小虫子就好。冷冰听了觉得好笑，又有点难过。就想，阿温这么神，也有不得已的地方。这么想着，忽然觉得自己碰到的那些很无奈的事，也就没有那么过不去了。大概谁都会碰到那样的事吧！她对阿温说，如果阿温变成了小虫子，自己也变成小虫子好了。阿温就说：好，这样还可以一块儿玩。冷冰知道这是说说而已，怎么可能都变成小虫子呢？她知道阿温也明白这不可能，这应该就是无奈吧！

只要台灯变亮，阿温就会现身，这让冷冰觉得浑身暖融融的。可是，冷冰不知道发生了什么，一连好多天都没有见到阿温。她想到了很多可怕的结果。她先想到台灯是不是坏了？她把灯颠来倒去地反复检查，没发现有什么不对头的地方。她焦急地拍着台灯，然而，不管怎样呼唤，台灯始终不亮。

靳歆敲门，见屋内没动静，就自己开了门进来。她看着冷冰，吃惊地问："你拍它干吗？它又不会亮。"

冷冰见靳歆突然站在面前，赶忙抱紧灯说："你想干吗？"看靳歆没有要抢走的意思，就说，"谁说不会亮？它可是神灯。"

看到冷冰紧张的样子，靳歆笑了，说："什么神灯，你倒是让它亮一个我瞧瞧。"

"它当然会亮，那得看它乐不乐意。"

"哈，还得乐意了才亮啊！"靳歆笑着摸一下灯头，"看来真是神灯，亮不亮，还得看它自己乐不乐意。"说着往外走，嘴里道："原来咱家有这么多神灯！想到这么些灯是因为乐意才亮的，还真舒心啊！”

冷风在客厅里坐着，听到靳歆的话，说：“又是冷冰想出来的吧？这孩子好玩得很。”

冷冰想，阿温不出现，有什么好玩的。这么些天了，阿温到底怎么了？冷冰呆呆地望着台灯，像丢了魂似的。她有太多的话想和阿温说，最急的倒不是春游的事，反正结果只有两个，要么让去，要么不让去。她早就习惯了。冷冰也不是很急地想知道又有什么新奇的事，尽管冷冰很喜欢阿温再现给她看各种各样的已经发生的和正在发生的事情。而此刻，冷冰好想跟阿温说说连她自己都很糊涂，也说不清楚的事情。阿温不会嫌她烦的，就算阿温也不知道怎么办好，但能和阿温说说至少心里会舒服一点儿。冷冰觉得，虽然跟同桌秦雪比较要好，但是有些话和秦雪也没法说，万一秦雪又说给别的同学听呢？而且，跟秦雪也不像跟阿温那样什么都能聊。

冷冰最近遇到一件事，感觉好郁闷。她想，为什么有的事情，明明是这样的，怎么又偏偏变成另外一种样子了呢？她怎么也想不明白。或许阿温再现了当时的场景，事情就能有个准确的说法。然而，阿温一直没有露面。冷冰不知道该怎么办好？

最近这些天，冷冰上学、放学，一直没看到阿四和他的小车摊。虽然不买阿四的烘山芋，但是每天倒也闻惯了烘山芋的香味。没有了香味，又不见人影，冷冰觉得奇怪。她私下问孙晓丞：“阿四好些天都不出来摆摊了，你知道是怎么回事吗？”

“我怎么知道？摆不摆摊是他自己的事。”孙晓丞冷冷地说。

冷冰听出孙晓丞因为上次的事，还是很讨厌阿四。她想，也难怪孙晓丞，谁叫阿四那天诬赖孙晓丞，还打了他，又害得他迟到来着？冷冰也想到自己那天的表现，就不好再对孙晓丞说什么了。她觉得孙晓丞不光讨厌阿四，应该也很讨厌她冷冰吧？冷冰忽然有种灰溜溜的感觉，就赶紧离开，不再说什么。

秦雪看冷冰不高兴，就问：“怎么啦？”

冷冰没人可说，实在憋得慌，就对秦雪简单讲了阿四没来的事，还有和孙晓丞的对话。

秦雪说：“什么大不了的事！阿四不出来摆摊，你操什么心？”

冷冰愣了好一会儿，才说：“平时不都是每天看到的嘛，突然不在那儿了，就跟消失了似的，你不觉得奇怪？”

秦雪趴到桌上，笑话冷冰道：“你怎么这么爱操心！阿四是你什么人？孙晓丞说得没错，阿四出不出来摆摊是他自己的事。”突然又像想起什么，说：“你不是不吃阿四烘山芋的嘛！”

冷冰听她这么说，很不高兴，“算了，不跟你说了。没劲！”不再理秦雪。

秦雪又跟她说别的，冷冰不搭腔。

过了两天，刚下课，秦雪就神神秘秘地拽了冷冰到楼道尽头，讨好地说：“是阿四的事。”

“阿四的事？”冷冰想一下说，“又不是什么大不了的事。”

秦雪忙说：“听说阿四是无证摊贩，被告发了。车和桶也被没收了。”

冷冰一听，提高了嗓门：“阿四摆摊应该是社区同意的，怎么会这样？”

秦雪赶紧拉一下冷冰，“你这么激动干吗？这里面的事谁知道呢！”

冷冰觉得秦雪说得也有道理，就不吭声了。

秦雪凑近冷冰，显出犹豫的神情，想了一下还是说：“听说是孙晓丞举报的。”

“孙晓丞？不可能！”冷冰脱口而出。

“也不一定就是。”秦雪说，又补一句，“也不一定就不是。”

孙晓丞是讨厌阿四，但他会那么做吗？冷冰不信。那阿四究竟为什么不摆摊了呢？平时刮风下雨的，他不都还是出来？阿四摆摊很久了，也没听说无证这回事。

秦雪看冷冰一脸的茫然，就说："好了，我也相信孙晓丞，这总可以了吧？"

冷冰还是呆呆的，嘴里嘀咕道："小宁怎么办？"

"小宁是谁？"

"阿四的孩子。"

"你连阿四的孩子都知道？"秦雪很惊讶，又问，"小宁多大了？"

冷冰摇摇头，"不知道。"

"哎，我说你真逗！"

"小宁好像有病。"

"哦，这样啊！"秦雪不再说什么了。

哎，要是阿温在，就能把一切搞清楚，冷冰想。好些日子都没见到阿温，冷冰忽然觉得自己好像连路都不会走了。

放学后，走过小区口，冷冰觉得冷清，从这里进进出出的人不少，却没有阿四的路边摊，没有山芋出炉的香味。她想，老这样也不是个事，阿温要是一直不出现，那该怎么办？

今天是阴天，进了小区，天色越发暗沉。走了几十米，冷冰望见左前方窦老头的杂货店已经亮起了灯，像一个明晃晃的路标。冷冰走上通往杂货店的岔道。

进了店里，见窦老头忙得不可开交，冷冰一边等，一边将货架上的各种纸杯方便面看了个遍。好不容易等人都走了，才要开口，窦老头先发话了："我说，你想好了吗？到底买哪个？把我的方便面抓来抓去的。"

冷冰听了后，就抱了六七个，花花绿绿地堆在结账台上。窦老头显得很高兴，拿了塑料袋，又在抹布上湿一下指头，捻开，再用力一甩，塑料袋像被冲了气，哗的张开，窦老头将方便面一只一只照了条形码，然后很爽地往袋子里扔，嘴里还数着数。

冷冰趁机问："这些天怎么没见阿四出来摆摊？"

窦老头住了手，视线转到冷冰身上，"你问阿四干吗？想吃烘山芋啦？"

冷冰忙笑着说："对对对，他啥时再出来啊？"

窦老头叹口气说："哎，这可不好说。"又问："怎么问我？"

冷冰差点将阿温给她再现场景的事说出来。她咽下一口唾沫，说："我当然问你啦，你和阿四不都是每天做生意的人嘛！"

窦老头想了想，说："还挺会归纳。"

冷冰说："听说阿四是无证摆摊，被人举报了？"

"谁说的？"窦老头板起脸，"别听人瞎说八道。二十七块二。"说着将装满方便面的袋子放到冷冰面前。

冷冰的脸被完全挡住了，她掏出二十七块放到塑料袋后面。

"还缺两毛。"

冷冰又放上两毛。窦老头的店大概也赚不了多少钱，她想。她还想到了窦老头给阿四钱的事。

"阿四的车和桶都被没收了？"冷冰继续问。

"不是没收，是要换一个。"

"他的桶有毒？听说是用油漆罐改装的。"

"你这都是从哪儿听来的？"又说，"我问过他，他说不是。"

"阿四说的是真的吗？"

"当然。"停一下又说，"我相信他。"

"小宁不舒服？"

"你知道小宁？还知道什么？"

"还有就不知道了。"

"小孩子问这么多大人的事干什么？"

“小宁也是小孩子。”

两人隔了袋子，说来说去。

“我说，没个完了？赶紧回家吧，吃完了再来买。”窦老头从对面戳戳袋子。

“那我下次再来，你要告诉我阿四家到底怎么了。”冷冰说完拎了袋子出来。

还听到窦老头在说：“这孩子，怎么这么关心阿四家？”

冷冰想，要是阿温在，想做什么就不会这么难了。和阿温在一起，一定可以想出办法。可是，阿温究竟是怎么了？老也不出现。阿温不会是碰到什么麻烦了吧？冷冰突然着急起来。谁都会遇到麻烦事的，她又对自己说，想让心定一点。她又想到阿四，有时候他是挺讨厌的，但是他也有不得已的地方，看到他提起小宁的样子，真是让人心里有说不出的滋味。

冷冰拎着一大袋方便面往家走，想着自己长这么大，麻烦事应该也不少。她忽然觉得爸妈对自己总是很有耐心，也很少说烦恼的事。这么想着，不知不觉就到了家。天色完全暗了下来。房门一开，冷冰发现家里的灯光原来这么明亮和温暖。

冷风今天回来得早，正要出门去迎冷冰，看见冷冰回来，就问："怎么这么晚？"

冷冰说："去了杂货店。"

靳歆过来接了袋子，看一眼说："买这么多？什么时候吃呀？每天不都是好饭好菜的。"

"放学后饿了就吃一点。"冷冰说。

冷风将面拿出来放在桌上。

"吃一点？"靳歆看着一堆面，"方便面又没有营养。饿了不是有点心嘛！"

"这好吃呀！"冷冰道。

靳歆望着冷风，手指头点着方便面说："你瞧瞧，那窦老头施的是什么魔法，卖了这么多给她。"

冷风看着花花绿绿的方便面，笑道："干嘛赖人窦老头？"又转向冷冰说："偶尔吃一点没关系，换换口味嘛，不过别吃多了。"停顿一下，又说："这样，什么时候全家一块儿吃，吃它两次也就吃掉了。"

靳歆也笑了，"照这么讲，我倒省力了。"

冷风、靳歆没料到，隔了两天冷冰又拎回来一大袋子方便面。他俩面面相觑，靳歆冲冷风道："看看，窦老头这是要在咱家开分店呀！”

冷冰看看他俩，说：“先放着吧，我不会吃多的，也不会再买这么多了。我就是想问问窦老头——”冷冰发现差点说漏了嘴，就赶紧打住。

冷风一听忙问：“问窦老头什么？”

冷冰不说。

“难道有秘密？”冷风追问道。

冷冰摇摇头，还是不说。

靳歆就说：“不能再买了！弄得跟个方便面专卖店似的。”

冷冰说：“知道了。”

山芋摊终于又摆出来了。阿四换了一只新桶，桶身是不锈钢的，没有颜色。冷冰趁阿四进小区门房倒水的时候，偷偷将先前买的方便面放在了阿四的车摊边。然后绕回来，再从阿四的车摊边经过。阿四拎起放满方便面的袋子呆呆地看，冷冰心里偷笑。走进小区里，听到阿四在后面叫：“哎，你回来！我说，你听到没有？”阿四也不一定叫的是我，冷冰想。她装作没听到，径直往家走，一路想着前两天在杂货店里窦老头说的话。那天窦老头拗不过她，说了一些小宁的事。小宁出生的时候体重只有九百克。冷冰比划了半天也比划不出到底多大，总之是很小，比正常的孩子小很多。小宁八岁了，个头还比不了六岁的孩子。小宁到现在还没有上学。窦老头还说，小宁老是生病，前些日子又得了肺炎，这几天刚刚出院。窦老头的一声长叹，让冷冰觉得小宁要长大真不是件容易的事情。这阿四每天就指着能多卖几个烘山芋了。她想，阿四之所以做出那些讨厌的行为，大概多半也是急昏了头吧？

隔了几天，冷冰放学的时候，经过山芋摊，故意停下来闻了闻，又问一个多少钱。

阿四说："按分量算。"他看一眼冷冰，又说："喜欢哪个就拿哪个。"

冷冰才要拿一个大的，见孙晓丞往小区口走，就叫住他，让他等一下。孙晓丞想着冷冰大概有事，就停在那儿。冷冰又拿了一个，放到秤上。

冷冰问："是海南沙地红薯？"她吃过的，咬一口，又细又绵密，很清甜。

阿四用内行的口吻说："海南沙地红薯不能烤，蒸着才好吃。我用的是云南老种子蜜薯，水分足，烤过后软糯香甜。"他边说边将两只山芋分别放进纸袋里，"拿去跟同学一起吃吧，不要钱。"

冷冰愣在那儿，然后接了山芋，很快地放了些钱，就跑去孙晓丞那儿了。

阿四在后面喊，冷冰也不应。她往孙晓丞的手里递了一个纸袋，说："阿四请你吃的，可香啦！"

孙晓丞怔怔的，"你不是不吃烘山芋的嘛？"然后，咬了一口，回头看一眼阿四，就和冷冰一起进了小区。

家里的方便面又突然失踪，靳歆不解，问冷冰："方便面怎么跟长了腿似的，呼啦一下都跑了？你不是要吃的吗？"

"我改吃烘山芋了。方便面都给了阿四。"

"什么？阿四的桶烘出来的能吃嘛！"

"他换了一个新桶。"

"哎哟，你还是少吃吧！"

"知道了。"冷冰应一声，就进屋做作业去了。

冷风回来后，靳歆赶紧说了冷冰改吃烘山芋的事。冷风听了笑着说："看你一惊一乍的。咱冷冰什么时候乱吃东西啦？小孩子，一时新鲜，吃两天就会腻的。"

冷冰想，就是嘛，你就是让我吃，我又能吃多少？现在，冷冰常在路上遇到孙晓丞，有时还会拉着孙晓丞走到山芋摊和阿四说说话。阿四一边喊着：“刚出炉的山芋，快来买啊！喷喷香！”一边捧着红烧牛肉面，吃得呼哧呼哧的。看见冷冰他们过来，他嘴里塞着面，含混地说：“吃吧，吃吧。”示意他俩自己拿山芋吃。嘴里说：“每天卖山芋，还是面好吃。”阿四从来没有提起方便面的事，只是一个劲儿地让冷冰他们吃山芋。

冷冰和孙晓丞回说：“刚吃过，不饿。”

冷冰有时候问阿四：“小宁可好？”

阿四就说：“小宁最近好多了。”

冷冰没有细问小宁的身体，她怕阿四不愿意提。如果阿四看上去情绪不错，说明小宁真的好多了。

06

冷冰真想把这一切告诉阿温。当然，阿温想知道就能知道。但是，冷冰还是想听听阿温会怎么说，因为在冷冰看来，阿四这件事真的有点不可思议。可是，阿温一直不出现，这到底是怎么回事？

就在冷冰越来越觉得阿温大概不会再出现了，台灯却又亮起来。冷冰喜出望外，她对着那张陌生的脸叫道："你怎么了？阿温，我都快急死了！"

阿温的声音不像以前那么欢快，她说："上次不是答应你要带绒笤帚和大松来的吗？"

"是呀，它们来了？"

"哎，这两个家伙让我好找，一天到晚东跑西窜的。"

"没找到？"冷冰有点失望。

"找是找到了。我知道它俩经常会去哪里。"

"那赶紧让它俩过来吧！"

阿温有点犹豫，说："虽然能这样，不过还是事先跟它俩说清楚比较好。"

冷冰觉得阿温说得在理，就说："好吧，这也不急。"说完，看到阿温的脸色不太好，又问："你怎么了？"

说我怎么变成这个样子了！
哎，我有什么办法。

阿温叹了一口气，然后恨恨地说："你看我都变成什么样子了！"

冷冰仔细看阿温，样貌有点丑，但不胖，就说："你不是会变嘛，变成什么样子又由不得自己。我没觉得哪里不好，还挺瘦的，这也省得你老把易胖体质挂在嘴边。"

阿温的声音有点委屈，"可大松和绒笤帚不这么想。它俩嫌我太丑，说我怎么变成这个样子了！哎，我有什么办法。"

"它俩跟你闹着玩儿呢！"冷冰安慰阿温。

"我也是这么想的。可是，它俩就是不理我呀！看到我就跑，连说阿温不是这个样子的。"又问："那我应该是个什么样子？"阿温的声音听着快哭出来了。

"它们会不会是故意要做点什么？"

"我也想过，或许它们在捣什么鬼？我盯了它俩很久，没发现什么。"

冷冰说："不应该啊，它们俩跟你在一起这么久了。不像阿四。"

"嗯，你说得也是。好吧，我就接着生气，看它俩到底搞什么名堂。"又问："阿四是谁？"

“卖烘山芋的。就是打我同学孙晓丞的那个。”

阿温听了点头道：“嗯，想起来了。你很讨厌他的。”又问：“烘山芋好吃吗？”

冷冰就先讲了阿温不在的时候阿四的事情，然后说：“阿四的烘山芋真是一绝，好吃极了。哎，可惜你吃不着。”

阿温用舌头舔了一圈嘴巴，说：“没事，我连香味也闻不到。”又说：“没想到你对阿四的态度变化这么大。”

冷冰马上说：“我说的不一定全，你再现一下就能完全看清楚了。”

阿温说：“事情可以看清楚，但是心里怎么想的是看不到的。你觉得阿四没那么讨厌了，这挺好啊！他本来也没那么坏吧！”

听阿温这么说，冷冰就想，对呀，不是什么都能再现的，有些东西只可以在心里体会。这种感觉很奇妙，但又说不清楚。不光是阿四，就连窦老头，还有孙晓丞，也不单单像她以前看到的，或者想的那样。她不再要求阿温再现当时的场景了。

冷冰将注意力转到阿温身上，她想为阿温分担点什么。没想到阿温这么神，却也有自己的烦恼。没有谁是没有烦恼的吧，冷冰想。她忽然对阿温说：“能看得到绒箬帚和大松这会儿在干什么吗?”

“这样不太好吧?要是它俩不想让我看到呢?”

“这倒是。不过,我常听你提起绒笤帚和大松,却从没见过,它俩一定很有趣?”

阿温点头道:“嗯,那是。”又沉吟片刻,说:“真不知道这俩是怎么想的。”

是呀,绒笤帚和大松到底怎么了?如果阿温能再现一些场景,或许就能明白点儿,冷冰想。她对阿温说:“就当我们去找绒笤帚和大松吧。它俩会去哪儿?”

阿温想了一下,说:“好吧,我知道它们可能在哪儿。”于是隐去自己。

灯罩上不时出现各种场景,就像过电影似的。“奇怪,哪都没有。难道它俩真要甩了我?”阿温一边找,一边念叨。最后火气越来越大,说:“这俩究竟想干吗?”

冷冰不住地说:“别急,再找找。”突然,她看见榆树林里有两个影子跑过,样子有点像阿温描述的绒笤帚和大松。“在那儿!”冷冰叫道,手指着那个地方。

阿温轻轻“嘘”了一声。然后冷冰听到几声“啵、啵、啵”的声音。榆树林里，绒箬帚和大松的身影越来越近，它俩正在树上。

冷冰头一次看到它们，却并不陌生，它们的样子跟阿温说的和自己想象的很像。冷冰顾不得谈论它们，只想赶快知道它俩为何不理阿温。

绒箬帚躺在树杈上。大松靠在绒箬帚身旁，还抓着它那毛茸茸的大尾巴。大松说："我说绒箬帚，你要是能像阿温那样变来变去多好，哪天呼啦一下，把这大毛尾巴变回我身上。哎，老天就是不长眼，非把我的尾巴按在一只虎猫身上。"

冷冰听了想笑，大松个子小小，说话却是拿腔拿调的，像个大佬。

见绒箬帚不理，大松又说："谁有阿温自在！一边念叨易胖体质，一边做完胖子做瘦子。瞧她，想吃多少就吃多少，也不用减肥。"

冷冰听到阿温低低地骂道："坏老鼠，看我怎么收拾你！"

绒箬帚夺过大毛尾巴，一把将大松悬空拎起，"都什么时候了，你还拿阿温寻开心！"

"这不都是急的嘛！再不轻松一下，不得急死！你也想不出什么法子。我看不如拿回我的大毛尾巴，做回松鼠，我的脑子一定比现在好使。”

“你本来就是老鼠，别老想着做松鼠啦!”说着把大松扔回树上。

大松哭闹起来，“为什么我就变不回松鼠!”

“你就是变成松鼠，就有阿温那样的能耐了吗?阿温多有本事，她不想变，可是，能行吗?”

“哎，想变的变不了，不想变的老是变。”大松一刻不停地在树枝上蹿来蹿去。

“你能不能消停一下!”绒箸帚不耐烦地喊。

“一只小老鼠能有什么办法?除非你不让阿温变。”

“还不是听了你的话，变着法子说讨厌她变来变去的样子。管用吗?”绒箸帚没辙，只好埋怨大松。见大松耷拉着脑袋，又说，“哎，阿三叔的话该不该信呀?如果阿温真的变没了，我们上哪儿找她去?没了阿温，还有什么意思。”

“就是嘛!宁可先信着，赶紧想想办法。要不然，哪天突然变没了，再怎么想辙都来不及了。阿温现在这个样子虽然够丑的，我也认了，只要别再变了就好。再说了，现在的样子好歹也是瘦嘛，至少不用担心什么易胖体质了。”

“哎，得快点想个法子才行。真是愁死我了！”绒笤帚很无奈。

“要不跟阿温说吧？也许大家商量着能想出办法。”

“阿温没办法，我俩也想不出办法，三个搁一起就能想出来了？你这一说，阿温不是更难受？不动脑子。”

大松明显受到了打击，独自蹿到树顶上。它真恨自己，为什么不是一只聪明的松鼠？

灯罩上的场景忽然隐去，阿温没再出现，但是台灯依旧透着温暖的光。冷冰知道阿温还在，可是此刻说什么好呢？冷冰和绒笤帚它们一样，一时也想不出什么办法。

冷冰想，绒笤帚和大松正在为阿温着急。阿温也终于知道绒笤帚和大松为什么“嫌弃”她，“不理”她了。它们只是尽力阻止阿温再变。真正的好伙伴就是这样的吧？冷冰好羡慕阿温。

“原来它俩真的背着我说事。”阿温的声音有点发颤。

冷冰没吱声。

“你说，我这么变来变去，会不会哪天真的变没了？”阿温问。

冷冰马上说：“不会！”又说：“现在肯定不会。”她想起绒笤帚说的，问道：“那个阿三叔是谁？他的话有那么准吗？”

“阿三叔是管花圃的大康他爸，有年纪了，闲不住，老是神神叨叨的，谁有个什么事都爱问他。”

“你不是说以后的事情是看不到的吗？他难道比你本事大，能把以后的事说准了？”

“怎么说呢，”阿温停顿了一下，“我要是还没有变没了的话，也不能证明他说得不准，大家可能觉得还没到那个时候。我要是哪天真的变没了，别人就会觉得他说得准，我自己反正是不知道了。”

冷冰听了这话，胸口憋得慌。

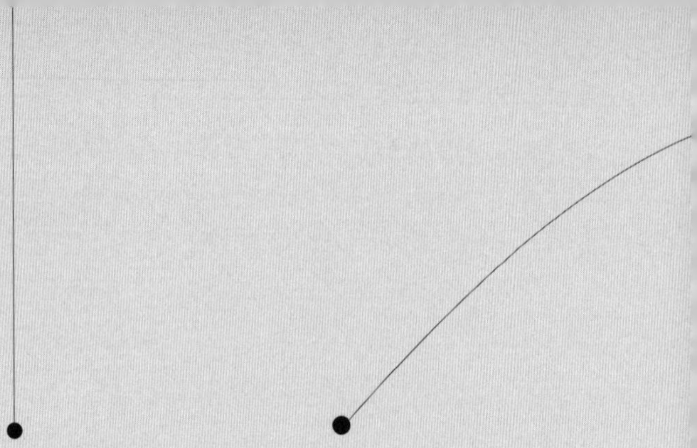

07

班会上，向老师正式发出了下个月春游的通知。晚饭的时候，冷冰将通知单放在饭桌上，吃一口白饭，再夹一块冻豆腐入口，然后用筷尾点点签名的地方，说："一会儿你们谁签一下。"又往嘴里塞了一口青菜。

靳歆问："又要打疫苗？"

冷冰不耐烦了，"一会儿自己看吧！"

冷风看一眼冷冰，对靳歆说："吃完饭再说。"又对着冷冰，"一会儿爸爸给签。"

吃完饭，冷冰放下碗筷就进了屋。

不多会儿，冷风敲敲门，进到冷冰屋里。"下个月春游啊？"他问。

"通知上不都写着嘛！"

"哦，对，写着呢。上哪儿？"

"还没定。估计是像森林公园这样的，不会去外地。"

"嗯。"冷风将通知单放在书桌上，"爸爸签好字了。反正还有些日子，到时候看看天气再说，好吧？"

冷冰拍了一下通知单，声音有点大，"一天到晚'看看天气'！气温低一点，下个小毛雨，就叫天气不好啦？我又不是豆腐做的！"

靳歆跑进来，摸着冷冰的头说："怎么这个态度？爸爸妈妈不是怕你出去受凉生病嘛！"

"生病、生病，哪那么多病好生。"

"这孩子，以前也没见她这样啊！"靳歆生气了。

冷风拉着她，连说："走走走，咱俩先出去，让冷冰做作业。"就出了屋子。

冷冰听到冷风在客厅里对靳歆说："以前冷冰还小，现在大了，应该不会一碰就生病。小孩子长大了，体质也会变好的。冷冰说得有道理。"

"那万一病了呢？这孩子从小身体就弱，三天两头上医院，你又不是不知道。到头来受罪不说，还要耽误学习。"

"孩子大了，别老是操心。"冷风的话听上去有些无奈。

客厅里安静了下来。冷冰烦躁地跳上床。台灯立在床头柜上，不动声色。她看着灯想：阿温在干吗？她在想自己的事？和阿温比起来，自己这点事简直不叫事，大不了不去春游嘛！可阿温要是变没了……冷冰从床上翻身而起，对着台灯压低声音喊："阿温，阿温，你在吗？"

没有应答。冷冰想，时间还早。她坐回书桌前。

●

一连几天，阿温都没出现。冷冰很无奈，台灯不亮，就见不到阿温。冷冰整天无精打采的。冷风和靳歆都以为是春游的事闹的，连说话都变得轻声轻气，生怕加重冷冰的不快。冷冰看着他俩这样，更加难受。难道做家长的就这么不懂小孩吗？这么想，又觉得爸妈很无辜，只好说："跟春游的事无关。你们别多想。"可是她越这么说，冷风和靳歆越觉得和春游有关，他们说起话来更加小心，还时常留意冷冰的脸色。冷冰只好什么都不说，随他们去了。

冷冰的脑子里全在想阿温的事。她想，再见到阿温，一定要和阿温多想想办法，想不出也得想。冷冰也很想见到绒箬帚和大松，它俩为阿温的事都急成那样！不知道它们想到了什么办法没有？冷冰好想为阿温做点什么。她恨不得一头钻进台灯里。这个念头一冒出来，她就想，太可笑了，这怎么可能！又想，有什么可笑的，为什么不能呢？冷冰在和自己较劲。然而，此刻的她似乎什么也做不了。冷冰觉得自己很无用。

但冷冰不甘心，她还是继续思索下去。阿温为什么会变来变

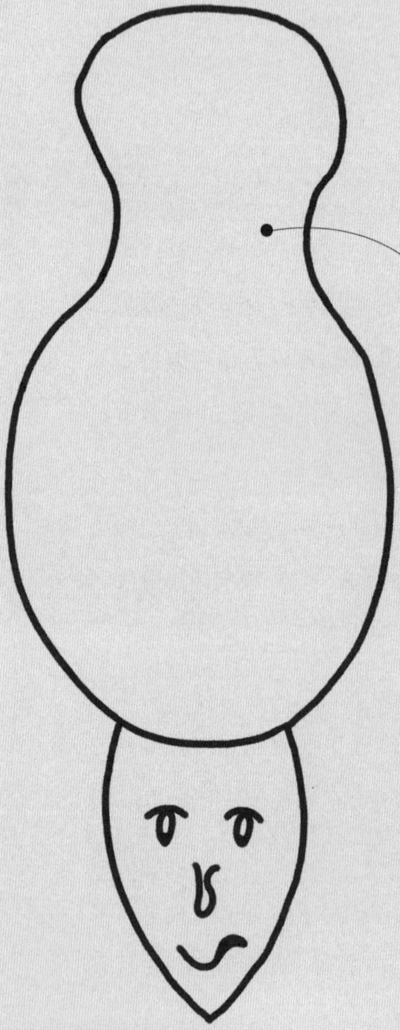

阿温不仅变了模样，而且越发瘦弱，
冷冰看了更为心焦。

去？她那边一定很特别？冷冰看到过绒笞帚和大松去过的榆树林，没觉得哪里特别呀！最多就像森林公园那样。但是，那里一定和这里很不一样，冷冰坚持这么想。她想到一个办法，虽然看起来很荒唐。她想，如果把阿温拖出来，或许她就能摆脱变来变去的魔运，不用再担心变没了。冷冰知道，自己也只是想想而已，进去、出来，哪那么简单？想要把阿温拖出来，自己得先进去。能进得去吗？怎么进去？冷冰发现自己想着、想着又绕了回去。她决定先不想了，等阿温出现后再跟她说自己的想法。

几天后，阿温终于现身。阿温不仅变了模样，而且越发瘦弱，冷冰看了更为心焦。她说："阿温，这些天你去了哪里？我快急死了。"

阿温忙说："冷冰你别急，我知道你春游的事。"

"我不是为这个，大不了春游不去了。那天，听了绒笞帚和大松的话，我挺担心你的。"

不等冷冰往下说，阿温赶紧抢过话，"嗨，别担心。如果真有这一天，担心也没用。我想，也许会有不再变的办法，或者只是变得弱一点。"她看看冷冰，又说："我们不如趁现在多聊聊，多玩玩，你说是吧？"见冷冰不搭腔，她想了一会儿说："就算哪天真的变没了，只要你们还记得我，我就还和大家在一起嘛！”说完，阿温转过话题，“不知为什么，我老是有让你来我这儿的念头。”

冷冰一听，兴奋地凑上去，脸都快贴住灯罩了，“我也想着怎么去找你呢！”她心想，或许阿温真的有办法让我去她那儿。看来自己想钻进台灯里去的念头也没那么可笑。她又问阿温：“你那边跟我这里很不一样吧？”

阿温说：“嗯，是不太一样。有个地方叫一线丘，我常常在梦里梦到。我觉得它或许真的有，还和绒笤帚它们找了好多回。有一次，照着梦里的提示，好不容易找对了路，没想到走了一段之后路就没了。”停顿后又说，“该出现的路没出现。你说怪不怪？”

“嗯，是挺怪的。不过，为什么你一定要去那儿呢？”

“一线丘很特别、很神秘呀！我也不知道是怎么了，就是想去那儿！”

“嗯……”冷冰若有所思。又问：“就没有别的路能到那儿？”

阿温说：“应该没有。”

冷冰想了想说：“去过一线丘后，哪天再想去，会不会又没了路啊？”

“那更得去了！很多事情就是这样，不是一直能做的。”阿温又接着说：“只要梦里有，就该去试试。梦里到过和真正到过感觉一定很不一样，而且去过才知道究竟是怎么回事嘛！”停顿一会儿，“我很想知道，从一线丘出来，会不会去到别的什么地方？”

冷冰点头说：“嗯，我也很想知道。”忽然又想到什么，说：“什么时候你和绒筲帚它们到我这边来吧！虽然没你们那儿好玩。”

阿温就说：“要是能去当然好，哪里都有好玩的地方。”

“那能来吗？”冷冰追问道。

“大概很难吧！我们和你住的不是一个地方。我们怎么走都是走不出这里的。”

冷冰听了这话，有些伤感。但她想，如果和阿温去了一线丘，说不定会发现新的路，兴许阿温就能同自己一起回来，摆脱变没了的危险。于是说：“还是我先去你那里吧！我们一起去一线丘。你快说说梦里的一线丘是什么样的。”

阿温很高兴，说：“里面红红的，像个大火球。”

“哇，好热啊！”

“天是倒着的。植物长在天上，全都干枯了。”阿温说。

“怎么会这样？”

阿温正要说下去，头突然发晕，揉了揉说：“奇怪，怎么回事？

跟绒笤帚它们说了好多回了，也没这样啊？”

冷冰看阿温难受，忙说：“先不说吧，我亲眼看到才够味儿。”冷冰忽然觉得心里有点空，想象不出一线丘的样子，她记不起曾梦到过什么奇幻的地方。好在此刻最主要的是能不能去阿温那里，怎么去。冷冰坚持认为只有自己去到阿温那里，才能想到办法让阿温离开，不再变。“阿温，去你那儿很难吧？”她问阿温。

阿温“嗯”了一声，很快又说：“我有了办法。”

“真的？”冷冰很高兴。她想，阿温的办法一定比自己能想出来的所有办法都管用，何况自己还没想出什么办法来。

阿温说：“我跟阿三叔说了这事，他让我去找……”突然住了口，然后说，“反正阿三叔让我试试，他也不知道能不能成。”

冷冰想，看来这个阿三叔挺有本事的，似乎还跟什么隐秘高人有着联系，连阿温都要请教他。如果自己真的到了那里，一定要见见这个阿三叔。

阿温和冷冰约好第二天晚上行动。告别前，冷冰有些担心，问：“如果去得顺，回来就不难吧？”其实冷冰是担心能不能和阿温一块儿回来，但她没有说出口。她在心里想，到了阿温那里后或许能想出办法。

阿温说："没事的，用你的一个小时就行。只要能进来，就应该能出去。连你晚上睡觉都不会太耽搁。我可以把你的一小时，变成我们这里的十小时。"

阿温的神力真够大的！冷冰好佩服她。同时觉得有趣，心里又添了一层期待。

第二天，冷冰从早晨就盼着夜晚快点到来。

秦雪看着她问："你没事吧？"

冷冰就心不在焉地回一句："我能有什么事？"然后冲秦雪笑。

秦雪被她笑得发毛，就说："你好好的干嘛老是笑？我脸上沾了什么？"

冷冰不说，秦雪赶紧取出镜子来照。

阿温在千年古榕树前坐了一天一夜，多数时候都是沉默的。

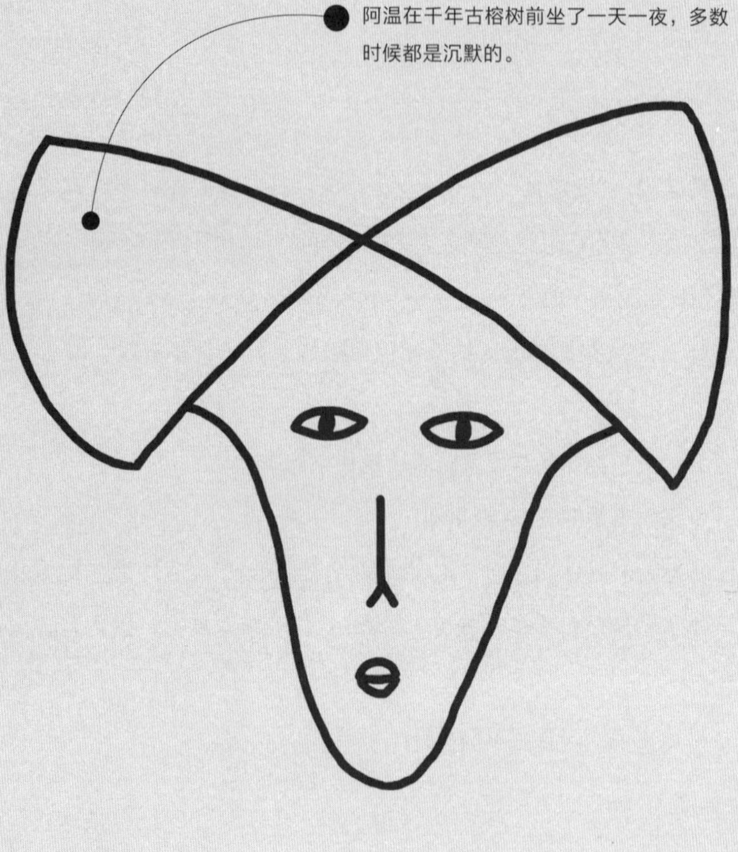

08

阿温在千年古榕树前坐了一天一夜，多数时候都是沉默的。

阿温说得很少，但她还是把最想说的对榕树说了："我和冷冰虽说从小认识，可我们并不在同一个地方。这些年，和绒笤帚它们在一起，我过得很好。搞不清为什么我要找冷冰，她竟然也想起了我。"

榕树说："你们是好朋友嘛！"

"可是，为什么非要她来不可呢？这事本就很难。"阿温眼神迷茫。

"有些事，不是一时半会儿能明白的。"

阿温点点头，又不免担忧道："不知道阿三叔的这个方法行不行？冷冰能到得了这里吗？"

榕树说："试试吧。"

"这些年我总是梦到一线丘，虽说那里的一切好像就在眼前，可我偏偏去不了。"阿温沉思片刻，又问，"榕树叔，是不是要跟冷冰一起去才行？"

"你不是想见到冷冰，和她在一起吗？这么想就行了，其他的不用管。"

"嗯，我知道了。"阿温觉得榕树说得很对。又坐了好一会儿，她说："我去接冷冰了，榕树叔。"

榕树说："好，去吧。或许会有一些不一样的事呢！"说完，就不吭声了。

阿温鞠了躬，然后离开。

●

灯亮了，冷冰听到了阿温的声音："冷冰，在吗？"

冷冰忙应道："在的，阿温。"她没有看到阿温。灯罩异常地明亮，像镜子一般晃得她睁不开眼。

阿温说："你闭上眼，什么都别想，只听我数数就行。"

"好。"

"一、二、三、四、五……"阿温数着。

冷冰听着，听着，仿佛一切都从大脑里悄无声息地滑了出去，连数字也不剩一个，身体则轻得快要飘起来。

忽然，感觉后背被猛推了一把，整个人不由自主地从灯前移开。

安静过后，冷冰听到阿温在轻声叫她的名字。她睁开眼睛。

阿温的脸是陌生的，但声音再熟悉不过。冷冰觉得有一股温暖的气息传来。

阿温说：“冷冰，你来了。”

冷冰和阿温对视，然后紧紧拥抱。

“阿温，你好温暖！”冷冰激动地说，“没想到我们真的在一起了！”

“是啊，在一起了！”阿温兴奋地回应。

两人抱了好一会儿，才将手臂松开。

阿温说：“你看。”遂举起双手，将手掌对着前面，张开一下，再张开一下，好像用力做着“剪刀石头布”中的“布”。冷冰看到了床头柜上的台灯，还有自己的屋子，里面没有人。

冷冰呆立着，有些恍惚，分不清哪边是真的。

“嗨！”一条大毛尾巴在冷冰身上蹭了一下。

冷冰回过神，看到大松正揪着绒笤帚的尾巴。她叫道：“绒笤帚！大松！我知道你们。”

大松也叫道：“你就是冷冰！阿温说过你。”

绒笤帚用它的大毛尾巴掸一下大松，说：“大松就爱大惊小怪的，我们早就认识啦！”

她睁开眼睛。

阿温的脸是陌生的，但声音再熟悉不过。

“就是没见过面。”阿温补充说。

“对对对，阿温每次都说你们又跑开了，要去找你们呢！”

绒笤帚有些不好意思，大毛尾巴甩来甩去的。大松说：“不管我们去哪儿，阿温都找得到。反正我们到哪儿都是一伙儿的。”

阿温故意逗它说：“谁跟你一伙儿！”见大松露出很不高兴的样子，就笑着说：“走吧，大松！我们跟冷冰这就去一线丘！”

大松一听，高兴地蹿到绒笤帚身上。

绒笤帚问阿温：“这回能去？”

阿温说：“不行也得试啊，肯定就在这附近，只是看不见而已。”

绒笤帚点头赞同。

一线丘是一个不去会后悔的地方吧？不然阿温干嘛老提起？似乎非去不可。那里有什么？冷冰想象不了。但她感觉那是个很难去的地方。我能行？这么单薄，又没有一点儿神力。不过，有阿温呢！想着阿温，冷冰变得安心。这才刚出发，一切都显得平常。冷冰打量起阿温、绒笤帚和大松来。阿温比在灯罩上看见的个头要大，并没有那么瘦弱；绒笤帚的个子则要小很多，有着好看的虎皮纹；大松看着只有一点点大，身上灰灰的，骑在绒笤帚背上，倒是十分自在。要是自己每天都能和阿温、绒笤帚还有大松在一起该有多好！冷冰想。她时常觉得自己的屋子有点空。

这里没有一丝寒气，阳光明媚。冷冰浑身暖洋洋的，好舒服。走着走着，冷冰就被周遭深深吸引，不禁赞叹："真美啊！"在冷冰眼里，这里就是一个春天的大花园，草木繁茂，花色浓艳，得用水粉、油彩描摹才好。不过这还远远不够，这里浓得化不开的香气是怎么也画不出来的。那个叫百香果的水果，只是有着自己的香味罢了。真正的百香，这里才是。可是，香味是画不出也留不下的，冷冰心里很遗憾。

稍远处有一面湖，像一块巨大的翡翠，在尽头处与蓝天相连，好像是一不小心从空中滑落下来的。风一吹，花草树木争相摇曳，又是另一番景致了。而湖面则像丝绸一般柔滑、轻盈地飘荡起来，不知道从哪里跑过来的一层又一层的水雾，轻烟似的在湖上晕开，然后随风摆动，曼妙起舞。冷冰惊奇地发现湖上好像有鱼在飞来飞去。

阿温说："那是飞鱼。既能在水里游，也能在水上飞。"

冷冰张大嘴，说不出话来。她不是没见过鱼从水里跳出来，但那也只是蹦跶一下，瞬间又钻入水里，一般都是在下雨之前。

冷冰想到自家的小区附近有成片的高楼大厦，粗略望一眼，大多可简化为一根又一根沉重的直线条。还有马路、汽车、人行道也大体是直线条的，只不过细一点，就连爸爸的西装也是笔挺笔挺的，线条清晰，穿在身上和平整地挂在衣架上一样。这些线条最适合用炭笔来勾勒，然后加上阴影，冷冰想。颜色嘛，倒不是没有，但整体看起来，明艳里潜藏着灰色。风在楼与楼之间穿梭，然后越吹越硬，瞬间就能将一张 A4 纸吹到天上。如果这风吹在人身上，更像恶作剧，没等你反应过来，脑袋就像被粗糙的大手掌胡撸了一把，一眨眼将头发搞成恐怖大片里的样子。

一切都大不同呢！冷冰喜欢这里。她走在草丛里，发现这里的草大多数又长又密，能没到膝盖。冷冰很好奇，蹲下身细瞧。这些草都是从来没见过的，有的茎叶呈方形，长着丝丝白色绒毛；还有的开着五颜六色的野花，像一把把张开的小扇子。冷冰忍不住采下几株来。

阿温说："这叫香扇菊，只有这里有。"又打趣说："这也是大松的扇子。"

大家就笑。

大松说："那当然。一到夏天，数我最凉快。"

"冬天数绒箬帚最暖和。"阿温接道。

绒笤帚就说："再暖和也不如阿温，要不怎么叫阿温呢？"

阿温说："到了夏天，冷冰要常来，不然我要热坏了。"

大家又笑。

冷冰觉得好像在这里住了很久。要是一直待在这儿多好，冷冰想。可是阿温……冷冰又想到爸妈，他们怎么办？要是不回去，他们会着急的。她很想问阿温他们，他们的爸妈也在这里吗？但是冷冰想起阿温小时候是和绒笤帚在一起的，就没有问。

突然，冷冰脚下有什么东西爬过，她吓得跳开，大叫道："啊！什么东西？"

大家赶紧看，大松一下就把自己埋进草丛里，然后传出笑声，"哈哈哈，是三脚龟！"

"三脚龟？"冷冰很惊讶。

阿温拨开草丛，抓起三脚龟给冷冰看。龟背上还站着大松。

"看到三脚龟，准有好事。冷冰一来，三脚龟就出现了。"大松嚷道。

哦？冷冰凑上去看，三脚龟比乌龟大，前面两只脚，后面的中间有一只。它将头歪过来，看看冷冰，好像说："瞧你！我有那么可怕？”

看着它的神态，冷冰好喜欢，说：“嗨，你好！”

三脚龟闭一下眼睛，算是作答。

回到了草丛里的三脚龟犹如消失了一般。冷冰看着草被拨动的线路，就知道它往哪里去了。

冷冰初来乍到，觉得处处新奇，却又不感到陌生。既像是做客，又像是回家。她喜欢这种感觉。一阵婴儿的啼哭传来，循声望去，树上趴着一条四脚兽，头看着很像娃娃鱼的脑袋。还有一种动物更奇怪，叫起来“蒙叽”“蒙叽”的，冷冰循着叫声看到了它，它很像豹子，但身形比豹子短，白色的皮毛，额头有斑纹。冷冰哪里见过呀！她倒吸一口冷气，不由退了两步。

阿温笑着说：“别怕，它们是鱼娃和斑头豹。不咬人。”

冷冰听了点了点头，又对着它们好奇地看了一会儿。

附近传来别的叫声，听着浑厚、粗犷。冷冰看到不远处有只白头、红身、爪为青灰的小鸟，它立在高高的枝头上。冷冰很惊奇，往前走了两步，想靠它近一些，而鸟却即刻飞走了。绒笤帚告诉她，那是白头鹦鹉。

哦？冷冰可是第一次看到这样的鹦鹉，心里不由惊叹。

不远处有人走过，冷冰瞧见，他们中的一些是自己生活中常见的人，而其他的一些看上去则很不一样。冷冰看看他们，再看看阿温、绒箬帚和大松，心里暗想：在这里谁普通，谁不普通，可不好说！她偷偷笑自己大惊小怪。

但是，冷冰还是忍不住细看，将这边的人和自己那边的去作比较。有个人个头一般，耳朵却又长又大，耷拉在肩头。她刚想说什么，阿温赶紧将手指头压住嘴巴。冷冰笑着点点头，她明白了阿温的意思。冷冰还被一个正往远处走的大高个吓了一跳，这人高得都能轻易打开两层楼的窗户。很快她又忍不住笑了，大高个旁边还走着一个小个子，冷冰估摸小个子的身高不到自己的膝盖。

大松见冷冰笑，就说："那是长人和微人。"

"长人和微人？"冷冰从来没见过长得这么高的人，也是头一次听到把超大个的人叫做长人。至于微人，用在小个子身上，实在太逼真了。可惜语文老师没说过这些。

大松自顾自地咕哝："都是长人闹的，微人其实也没那么小。"

冷冰没注意到大松的情绪，兴奋地说："真没想到，这儿这么有趣！"

阿温对冷冰说："这一带叫天穹苍野，大得很。我和大松、绒笤帚住得可松快了。"又补充说，"再来多少个冷冰都住得下！"

"对对对！"绒笤帚和大松齐声道。

"嗯，这里真的很大！"冷冰向四周眺望，感觉十分开阔，到处都是花草树木，山坡湖泊。冷冰的眼前浮现出翠微小区及外面的街道，太窄了，她想，视线总是被阻断。冷冰心里生出些莫名的沮丧。她又朝天上望去，天空是那样的辽阔高远。在哪儿都能看到这样的天空，这么想，感觉获得了安慰。

他们几个走在浓密的野葡萄藤下，像走在长廊里。地上多是泥地，还有些是小石子路。冷冰走在上面，发觉路不是平的，而是拱形的，就像走在大管子上。四周全是高高低低的绿色，夹杂着各式花朵。天空是一样的湛蓝，又像是完全不同。冷冰抬起头，伸展双臂，仿佛整个人都泡在了蓝天里，感受着舒爽和宁谧。我来过吗？她偷偷地问自己。这里的一切都令她陶醉。

"这是去一线丘的路吗？"冷冰没有忘记一线丘，她问。她执着地想，或许去了一线丘，阿温就能和自己一起回去。

"嗯。正好顺路看看阿三叔和大康。他们知道你来。"阿温说。

冷冰知道阿三是大康的爸爸，还很有能耐。她冲阿温点点头，不由加快了步子。

“前面就是大康的花圃。”大松说，它蹿到阿温的肩上。

花圃真大，一眼望不到边。冷冰认出粉红的风信子，还有深一点的桃花，和色彩浓烈各异的蝴蝶兰。有一种奇怪的树冷冰没见过，它很显眼地在那儿，好像是为了证明这里是奇幻之地。

绒笤帚看见冷冰盯着它瞧，就说：“那是面包树。”

面包树？冷冰走近细看，发现它树干上长出的是软软的茎，叶子似芭蕉，但更圆一些。

阿温解释道：“剖开它的茎，里面会有浓稠的胶汁，将它收集起来，再在土里埋上几天，打开后就变成了白色的面团，然后揉搓，切开，或蒸，或烤，就是香喷喷的面包了。”

大松马上补充道：“阿三叔做的最好吃。”说着直往花圃间那座茅屋的方向窜，还连声喊道：“阿三叔！阿三叔！”大概馋了。可惜声音太小，没听见应答。

茅屋不大，顶上铺满了细密、整齐的茅草，在鲜艳的花圃中显得十分素净。那就是阿三父子的家吧？冷冰想。

还没到跟前，阿温、绒笤帚就喊：“阿三叔！大康！”

“冷冰来啦？”一个身形健硕的年轻人从茅屋里出来，身后还跟着一个瘦削的老头。阿温答道："是呀，大康，阿三叔，这是冷冰。"

冷冰走上前，要跟阿康父子打招呼。看到阿三，她吃了一惊，好眼熟啊！再细看，和阿四长得很像！只是他比阿四看上去老了许多，头发几乎掉光，牙也没剩几颗。"冷冰来了。"阿三说话的时候漏着风。冷冰一边应着，一边发起呆来。阿四老了就是这个样子？阿三和阿四的眼神里都有着机警，但阿三面带微笑，而阿四常常显得愁苦。想来阿三要比阿四过得好吧！冷冰又看看大康，小宁长大后会像大康这样？他俩会不会是以后的阿四和小宁？冷冰脑子里乱糟糟的。

她突然问："阿三叔，你知道阿四吗？"

阿三反问道："阿四是谁？"

"是我的朋友，跟阿三叔长得很像，就想着你们会不会认识？"

"哦，这样啊！"

看来他们不认得阿四，也不认得我，冷冰想。可是，怎么会这样？她想不明白。

大康拿出刚烤好的面包给大家。

冷冰觉得这面包比阿四的烘山芋还大一些，松松软软的，很有弹性。“真好吃！”她说。又悄悄问阿温：“阿三叔以前就住在这里？”

“嗯，一直住在这里。”阿温回道。

“你问这个干吗？”大松偷听后问。

冷冰没理会大松，直接问阿温：“你不觉得阿三叔很像卖烘山芋的阿四？”

阿温想了想后，说：“嗯，你这一说，我想起来了，还真是挺像的。只是阿三叔看着老多了。”

“阿三叔会不会就是老了的阿四？”

阿温笑了，“看你操心的！阿四愿意自己老了之后看着像阿三叔这样？”

“也许阿四不介意变成阿三叔这样，只要小宁能像大康这么健康。”

阿温点头说：“你说得对。”又补充道：“小宁会健康的。”然后小声对着冷冰说，“别看阿三叔老了，他经历的事情多，心里可明白了。我们有事都少不了问他。”

“那阿四就比不了了。”冷冰的语气里透出一丝惋惜。

“也不是吧，阿四和阿三叔遇到的事不同。再说，阿四还没到阿三叔这个年纪呢！”

听阿温这么说，冷冰想了想，觉得阿温说的是。不过两个长得很像的人，总觉得有些什么联系，可是他们又似乎毫不相干，真是没法解释。这大概就是这里的特别之处吧！冷冰一边想一边自言自语：“在这里就跟做梦似的。”

阿温笑道：“我自己都时常觉得是在梦里呢！”然后拉起冷冰的手，“走！”

冷冰和阿三、大康告辞后，随阿温、绒笤帚和大松离开了花圃。

“哎？我在家已经夜深了，这里还是白天。”冷冰问阿温，“这里的时间是早了，还是晚了呢？”

阿温说：“都不是。”她想，怎么跟冷冰说清楚呢？

冷冰又说：“我记得你说过，我在这里十个小时，等于我在家的一个小时。还说我回去后，可以接着睡觉。真有意思，可是我搞不懂。”

绒笤帚惊讶地问：“这里十个小时是你那里的一个小时？”

大松叫道：“我也搞不懂！”又蹿到阿温头上，扒拉着阿温的脑袋，催促她快讲，“这到底是怎么回事？”

冷冰忽然说："阿温，是不是把时间放大的意思？一个小时放大成十个小时？"见阿温只是看着她，并没有点头什么的，她又边说边比划起来，"就像你跟我一起看场景，看不清楚，也听不清楚的时候，你就把它拉近和放大？"

阿温听了，一会儿点头，一会儿又摇头，她被绕糊涂了。再看一眼绒笤帚，它也是一副搞不懂的神情。阿温拽下大松，对冷冰说："哎，我也说不清啊！十个小时应该够了吧！"想了想又说："不够，下次再来。"

大松在阿温手里扭来扭去的，叫着："就是嘛！"又用爪子不住地挠阿温，阿温放开了它。

冷冰愣愣的，脱口道："下次再来？"随后又想，阿温要是不再变了，或许还能有下一次。

阿温说："好啦，冷冰，你管那些干吗，我们赶紧走吧！时间一过，你还得回去睡觉呢！"

冷冰傻傻地，"哦，还得回去睡觉啊！"

阿温说："你怎么了？不回去啊？你明天还得上学呢！再说你爸妈看你不在，不得着急坏啊？"

"嗯。"冷冰下意识地点一下头，又问，"那，怎么回去？"

“别急！能来，就一定能回去。”阿温拍一下冷冰，“发什么呆呀！难道你现在就想回去？”

绒筲帚凑过来小声说：“别担心，保证你回得去。阿温可有本事啦！”

冷冰像是清醒了一些，说：“我没急着要回去，不是去一线丘嘛！”又自言自语道：“真不晓得一线丘到底是个什么样子？”她想起阿温跟她描绘过的场景，觉得还是挺模糊的。

阿温说：“好像空空荡荡，又好像满满当当。我也说不清楚。反正跟你看到的都不一样。”

听了这话，冷冰更糊涂了，但她没有再问下去。冷冰想到上次问阿温的时候，阿温的头突然发晕。

阿温指指左前方，说：“我们去那儿。”

冷冰顺着阿温指的方向望过去，那里都是花草树木，有几棵大树十分抢眼，比水杉还要高出许多。它们实在太高大了，树干没有枝杈，笔直通天。冷冰从未见过这样的大树。为什么往大树那边走呢？难道一线丘会在那里？冷冰仔细看那周围，除了花草树木，也没什么特别的。

“要往那里走？”冷冰不解。

“对，梦里叫这么走的。”阿温说着又往湖面看去，嘀咕道：“今天能不能走得通啊？”

冷冰知道阿温他们尝试了很多次，但都没有成。她在心里偷偷为大家打气。

他们四个在大树下停住。“这是望天树。”绒笤帚说。

冷冰张开双臂抱紧树干，仰头望去，好高啊！茂密的树冠像一把巨大的绿伞。

阿温抬头，对着树顶喊道：“喔……哩哩哩哩……”几只五彩鸟从树冠上飞起来，在空中来来回回，像彩带飘过。然后又停到别的树上。

“那是五彩鸟，最喜欢望天树了。过会儿它们还会回来的。你听，它们在唱歌呢！”阿温说。

冷冰每天都听到鸟声，也没有觉出多大的不同，在她听来，鸟的叫声都差不多。此时的她，是第一次竖起耳朵专心地听鸟的叫声。好像是不一样，不，是完全不同。五彩鸟的歌唱激越高昂，冷冰还听出那里面的喜悦。她忽然想，在树顶上看得到一线丘吧！

阿温的双臂往上伸了一下，冷冰没有看到阿温伸得有多长，可是树顶竟弯了下来，被阿温攥在手里。冷冰想起阿温在灯里伸手臂的动作，觉得真是不可思议。

阿温将树顶的部分枝条打了一个结。打结的地方被绿叶和白色花朵覆盖，好像两棵树原本就是手拉着手，连在一起的。她问冷冰："坐过秋千吧？"见冷冰点头，就拍拍满是绿叶和白色花朵的枝条，说："上来吧，我保证你坐的是最高、最来劲的秋千。"说着，自己先跳上去，又来拉冷冰。冷冰来不及说什么，就被阿温轻巧地拉了上去。冷冰刚坐好，阿温就喊："走啦！"秋千即刻摆动起来，绒笤帚和大松飞快地跳了上来。

秋千越摆越高，冷冰一阵头晕，她赶紧闭上眼。她听到身旁的阿温说："别怕。"她感觉到阿温的手一直搂着她。

冷冰还听到绒笤帚说："有阿温在，荡得再高都摔不着。"

大松也说："看我，一点都不怕！"

阿温赞同说："嗯，你看一眼大松。"

冷冰还是紧闭双眼，嘴里喊着："不敢，太可怕了！"

大松笑话她："都说胆小如——你还不如我大松！"

冷冰实在不好意思，她试着睁开一条缝，或许能看到一线丘，她想。秋千正往上摆动，她感觉长了翅膀，如五彩鸟般直冲天际。她鼓足勇气，一下子睁大眼睛。哇！满眼都是蓝，像洗过的一样，纯澈、明净。

“太棒啦，我好像飞起来啦！”冷冰脱口喊道。

“我们就是在飞！”阿温也喊。

“以前没坐过？”绒笤帚叫道。

大松吱吱乱叫，冷冰使劲听，好像在说：“最爽的来啦！”

没等冷冰反应过来，秋千就冲到头顶正上方，再翻个筋斗，于天地间画了一个大大的圆。冷冰天旋地转，满眼由蓝转绿，夹杂着五颜六色，仿佛一切都是从天上一泻而下的，缤纷错落，自然繁华，映衬着天空水一样的蓝。

这就是飞翔的感觉！冷冰体会到从未有过的自由和舒畅。这里真神奇！她快乐地想。她又四下寻找，想看一看一线丘会是在哪里。她想，一线丘一定很奇特，很难被发现，而去到那里又是一件极难的事情。阿温去了好多次都没去成，可是她还是坚持。换成是自己，恐怕早就放弃了。阿温非得去一线丘？冷冰不明白，但她不会去问，她觉得阿温自己应该也不清楚。冷冰觉得阿温和一线丘或许有着神秘的联系。可惜自己连一丁点儿神力都没有，帮不了阿温。冷冰很无奈。如果还是去不了呢？时间不等人，阿温再变下去的话……冷冰不敢往下想了。她坐在秋千上，心里着急起来，难道就这么一直荡下去？

空中传出阵阵爆裂声，再看那簇拥一处的云团，像硕大而饱满的花蕾，突然喷涌绽放，热烈而单纯。随后，一座木质拱形桥像一弯纯色的虹，悬在了空中。

不等冷冰喊，阿温就欣喜地叫道：“快看，桥终于出现啦！”

一座桥？而且悬在空中。冷冰小心地问阿温：“怎么会这样？”

阿温兴奋地说：“等的就是它！去一线丘得从那儿过。”

“什么？还要上桥？怎么上？”冷冰的声音里有着藏不住的紧张，虽然她知道阿温会有办法的。

“别怕！”阿温拉紧冷冰。

有阿温在，没什么可怕的，冷冰想，她相信阿温。这么高的秋千不是都坐了嘛！在秋千不停地摆动时，冷冰努力调整着自己，让心定下来。她望着空中的桥，紧张中夹杂着兴奋。

阿温说：“秋千摆到第三下，离桥最近的时候，我们上桥。”又对冷冰说：“你不用做什么，我会拉着你的。”

随后，他们几个在阿温的带领下，顺着秋千的惯性，忽地腾空而起，像五彩鸟那样“飞”往空中的桥。

刹那间，冷冰体会到了鸟的心情。它们无拘无束，可要比自己快乐得多啊！还没等她再往下体会，已经到了桥上。她一阵失落，好想“飞”得再久一点。

站在桥上，冷冰晃晃悠悠的，阿温和绒箬帚扶住她。冷冰小心地望一眼桥下，是一片湖。就是刚才看到的吧？真是神奇，之前只看到湖，压根儿没看到空中还有桥，坐秋千的时候也没看到。这桥真的有吗？眼下它悬在空中，而自己正站在上面。这是真实的，还是虚幻的？冷冰分不清楚。

冷冰站在没有护栏、不到两个肩宽的桥面上，心慌脚软，不由自主地说：“这桥好窄！”两手紧紧抓着阿温和绒箬帚。

大家都笑起来，大松笑得最起劲，说：“冷冰，你醉空啊？”

阿温说：“没事的，不用怕。来，我们去桥的中央。”还指了指桥的最高处。

冷冰朝那里看了看，心想：站在最高处的感觉一定很棒吧！她试着迈开步子，可是脚不听使唤，怎么也挪不动。

“放心吧，有阿温呢！”绒箬帚说。

阿温也对冷冰点点头。

大松叫道：“这有什么可怕的！你看我。”说着就在桥上跑来跑去。“你就当在平地上好啦！”

这能一样嘛！冷冰好气又好笑。不过，她想起上学的时候老是爱走上街沿的边，就像走平衡木，又快又顺溜。这桥可比那个宽多了，她暗暗给自己打气。

冷冰正要迈脚，大松突然叫道："会游泳吗？"

冷冰吓了一下，赶紧摇头。

绒笤帚呵斥道："你不要吓冷冰！"

大松哈哈大笑，说："掉下去又不会喂鱼。"

冷冰想，也是，没什么要紧的。要是被大松吓住，说不定真会掉进湖里。她做了一个深呼吸，跟在阿温后面，往桥的中央走。大松神气地跑在最前面。

到了桥中央，冷冰定了定神，努力不去看脚下，不想再被大家看到自己的胆怯。她往远处看，第一次体会到老师说的"极目远眺"是什么感觉。她看到远处的坡上好像有人走动，说不定那是长人，看着就跟微人似的。长人要是往这边桥上看，自己也只是一个小点而已吧？冷冰又想，如果不是站在这里，就不会想到这些了吧？

大松突然喊："冷冰，桥呢？"

冷冰一看，不好，脚下的桥哪儿去了？她感觉自己仿佛站在了酥脆的空气上，随时会塌陷。再看阿温、绒笤帚和大松，也都如此，却没有丝毫的紧张。谁都没有过来拉她。一阵风吹过，冷冰觉得自己都快飘走了，她大声喊道："阿温，快来呀！"还下意识地伸出了手。

大松突然蹿到冷冰肩上，冷冰吓了一跳，"大松你要干吗？"

"我没要干吗！"大松吱吱乱叫，"我又没多重，怎么你人都晃啦？"说着用力跺跺后爪，又窜到冷冰头上。

冷冰想要抓住它，又哪里抓得住。她手动的幅度很小，而且慢，大松则是蹿上蹿下的。冷冰好狼狈，又拿它没辙。

阿温赶紧伸一下手臂，将大松从冷冰身上揪了下来。

大松说："阿温有魔法，能让桥变出来，也能变没了。"它的口气好像什么都懂似的。

阿温道："瞎说，这桥可不是我把它变出来，又变没的。我没这能耐。"又对着冷冰说："我们也是头一次呢！不过梦里梦到过。"

"哦。"冷冰害怕得一动不敢动。

阿温说："别怕，桥还在，只是看不见了，你还站在桥上呢！"阿温扶了冷冰一把。

原来是这样。冷冰试着踩了踩，确实还站在桥上。

“这座空中的桥叫隐杠，平时是看不见的。”阿温又补充道，“说实话，梦里它没有再显形。”停顿后说：“得靠它送我们去一线丘呢！”

原来这样！冷冰暗暗捏一把汗，要自己站稳。

大松对冷冰嚷嚷：“这有什么好怕的？你又不是豆腐做的！”又说，“你爸妈要是看到你现在这样，估计得吓坏吧？”

“以前我又没这么着过。”冷冰反驳大松。

阿温对大松说：“冷冰哪有你皮实。她打小身体就弱，爸妈自然担心得多一点。”

提到爸妈，冷冰说：“幸好他们没看见。他们可是连学校的春游、秋游都怕我伤风感冒，遇到危险呢！”然后又想，等回去后，自己又是爸妈百般照顾的小孩，这里的事情他们不知道，所以也不会担心。这么想着，既放下心来，又有点遗憾。

阿温说：“要是你爸妈看到你站在隐杠上……”

“非得吓坏不可。”冷冰马上说。

阿温却说：“也许会夸你呢！”

“怎么可能？”冷冰脱口道。想了一下，又说：“他们会吗？”

“不管他们说什么，反正都会看到你的勇敢。”

听着阿温的话，冷冰觉得阿温是最懂她的。

冷冰尽力站稳一点。隐杠如同消失了一般，她真的有了悬空而立的感觉，前后、左右、上下，什么阻隔都没有，四周空阔通畅，天际无穷高远。尤其是脚下，仿佛的的确确是踩在了厚厚的空气层上。不知不觉，身体好像化作了饱满的气球，在微风的湖面上飘啊飘的……

这就是舒展自在吧！她又想起平日的时光都是在窄窄的屋子里被包裹着度过的。从家里到学校，难得春游还要怕冻着、累着。此时，冷冰的脑子里突然冒出个念头，要是爸妈也站在隐杠上，爸爸说不定会胆战心惊的！妈妈就更不用说了，一只小虫子爬到桌上，而不是出现在草丛里，她都是一副紧张兮兮的样子。冷冰脑补了一下妈妈站在隐杠上吓得哇哇大叫的场景，自己先忍不住笑起来。

“很好玩吧？”大松问。

冷冰冲大松点了点头。但她明白，到桥上来是为了去一线丘，这是必经之路。她四面瞭望，湖边到处都是花圃亭苑，远处多是矮矮的石山、土坡，还有高高低低的树木。树木是深深浅浅、浓淡不一的绿，有的开了花，呈成片的红，或成片的白，或是成片的其他什么颜色。因为离得远，那颜色看着像是泼上去的。而且，高高低低的树木和大片花草错开了层次和色彩。冷冰看着十分喜欢。但是，一线丘呢？怎么才能到达那里？

阿温说："一线丘是看不到的。"

"那我们往哪里去？"冷冰心急起来。

阿温就说："冷冰，坐下来怕不怕？"说着自己先跟骑马似的坐到隐杠上，又伸手来拉冷冰。

冷冰来不及多想，小心地在阿温身后坐下。冷冰感觉到自己坐在了隐杠上，但还是看不见它。她知道这就要去一线丘了。只有党老师不会被吓着吧！冷冰忽然想起党老师来。她的身后是绒笤帚。大松死死抱着绒笤帚胳膊。

会到达一线丘吗？冷冰没想到往那儿去的路这么难走。她真盼望跟阿温他们能顺利地快一点去到那里。如果阿温不出现，我冷冰压根儿就不知道有一线丘，这会儿还在床上睡觉呢！这么想着，心里一阵庆幸。

一朵巨大的云团往这边轰隆隆地滚动而来。不一会儿，就狠狠地将大家裹了个严严实实。虽然挨得近，彼此也只留下简单的轮廓。冷冰突然明白了，好多影片都爱拍仙境，那都是为了给去不了的人看的。

桥身在动，变成了“滑梯”。冷冰还没反应过来，就随大家往下滑。在云团里，冷冰看不到什么，只跟着呼啸而下，持续了好一会儿。此刻，冷冰不是不害怕，但她没有惊叫。她清楚自己不是在坐滑梯或过山车，而是去一线丘。

一行四个滑落在一片花草地上。云团浓烟般慢慢散去。这是哪里？冷冰起身看周围，好像没有什么特别的，但又觉得哪里不同。转过身去，“滑梯”不见了，湖面也没了。一线丘在哪儿？冷冰一脸茫然。不过她想，或许神秘之处都藏在看似最普通的地方。要不然干嘛大费周折才到了这里？况且轻易能到，就不是一线丘了。经历了刚才的挑战，冷冰沉着了许多，她对一线丘更添了向往。

阿温明白冷冰的心情，说：“去一线丘还有些路。”

“哦。”冷冰应一声，跟着走。

这一路的花草树木比起去大康花圃的路上见到的要多。冷冰认得亮黄的迎春花，还有白色或紫色的瑞香。也许是这里比较温暖，连鲜红的海棠和橘黄的金盏菊也已盛开。冷冰还看到柳树柔软的枝条轻轻扬扬，那翠绿简直要滴下来。而木棉树苍劲、粗犷的枝干上满是嫣红。可是，还有一些花草树木冷冰既不认识，也没见过。

有一种树看似平常，开着黄色的花，花萼是红的。冷冰很好奇，盯着它看。大松抢着说："是不是很像枣树？"

冷冰没见过枣树，她想，原来枣树长得像这样。

不等冷冰往下问，大松又说："它叫嘉果树，没枣树那么大，叶子很像枣树叶。它结的嘉果，像桃子。要有烦心事啊，吃它就没事啦！"

阿温就说："大松就是爱夸大。不过有了烦心事，吃颗果子倒也挺好。"

哎，谁没有烦心事呢！连阿温也有。冷冰想，可惜嘉果还没结果子，她真想赶紧采来和大家一起吃。正想着，一股清幽之香悄悄袭来，冷冰不由自主地循着过去。蹲下身，见石缝间有几丛青绿色的草，很像美人蕉的叶子，冷冰从没见过这么特别的香草。

阿温蹲到冷冰身旁，说："这是佩兰。"

冷冰凑过去，闭上眼睛细细闻，然后说："这香味能解烦躁。"

大松听了吱吱乱笑，"冷冰哪来那么多烦躁啊！"

绒箬帚拍一下它说："你以为谁都像你似的？"说完，又脱口道："哎，你也有烦躁的时候嘛！"

大松听了深吸一口气，耷拉下脑袋。

阿温想换个话题，说："嘿，看那边！"她带冷冰走了十几步，走到一种开着红花的草跟前，说："这你肯定没见过，只有这里有。是不是很好看？它很像苏草，名字叫秀妍。大家都把女孩儿比作它。"又对绒箬帚它们说："你们说，冷冰是不是像秀妍呀？"

"对。阿温你也像。"绒箬帚说。

大松道："我要是有大毛绒尾巴，也像秀妍了。"

"你就别想啦！"绒箬帚说。

大家就笑。

安静下来后，从远处传来一声很轻的鸟叫声，好像怕惊扰了大家似的。冷冰忽然明白了这里的不同，除了他们几个的说话声，其他的声音仿佛都被过滤掉了。路旁大片的花草树木里，隐隐约约有动物和人影闪过，也都是安静的。这是一处清幽之地，好像是要让你静下心，等待不寻常的事情到来。

冷冰专注地往前走。她望见一座矮山丘，它的表面还有一条红色的缝。她兴奋地问："那就是一线丘？怎么是红的？"冷冰想起电视里看到的叫一线天的风景，远看的话，像山崖裂了一道缝，只露出窄窄的天。

不等阿温开口，大松说："一会儿你就知道了。咱们这儿什么都特别。"听这口气，好像它什么都知道，又故意卖关子。

"嗯，大松说得是。"绒笤帚说。

冷冰相信阿温一定跟她的伙伴们讲了她的梦，就迫不及待地说："那我们快点去吧！"

阿温却说："先歇一会儿。"

冷冰只好停下，和大家一起坐到石墩上休息。她看到一片榆树林，觉着眼熟，脱口道："我知道这个地方。"

大松问："你来过？不会吧。"

绒笤帚也说："是不是搞错了？"

冷冰想起来了，这应该就是阿温在灯罩上演示给自己看过的那片榆树林。那天绒笤帚和大松在榆树林说了担心阿温的话。她忙说："榆树林都差不多，是我搞错了。我怎么会来过这里？"

阿温也想起了那天的情景，没吱声，只是看看绒笤帚，又看看大松。

冷冰想起了榆树林里绒笤帚和大松的对话。怎么办好呢？

她心里着急，又不能和阿温商量。她还想起阿温私下和自己说的话，不免难受。真的没办法了？

阿温拍一下冷冰说："瞧你，累了吧？"又指着榆树林说："那边有两个人，你很熟悉。"

冷冰望过去，神色大变，五官急着出逃似的，简直要将整张脸撑破。那不是爸爸冷风和妈妈靳歆吗？她不信，又揉了揉眼睛，细细盯着看，果真是他们。

冷风和靳歆冲着冷冰微笑，朝这边走来。冷冰脑子一片空白。稍稍镇定后，心里纳闷，他俩怎么会在这儿？她呆呆地望着，不知道该怎样办？没等他俩走到面前，阿温双手掌轻轻向前推一下，冷风和靳歆的脚下像加了滑板，迅速后退，然后停在距离冷冰一两百米处。冷冰望过去，他俩个子好像缩小了，看着和自己一般高。大概是因为离得远，她想。当冷风和靳歆再次走到面前，冷冰万万没料到，他俩竟然变成和自己一般高的孩子。但是，冷冰还是一眼能认出他俩是童年的爸爸冷风和妈妈靳歆。冷冰从照片上看到过爸妈小时候的样子，和现在也是十分的相似。她惊呆了，望着面前小小的冷风和靳歆，不知所措。

冷风开口说："我是冷风。"又向冷冰介绍靳歆，"这是我的好朋友靳歆。”

靳歆笑着拉起冷冰的手说：“你就是冷冰吧？听阿温说你要来，我们可高兴了。”

原来他俩不认识我，却认得阿温。这是怎么回事？冷冰实在糊涂。

靳歆说：“阿温让我俩在这里等你。听说，你从小就身体弱，爸妈照顾你可细心啦！”她上前搂住冷冰，“没事，多锻炼锻炼，身体就会越来越好的。”

冷冰连连点头，心想：要是妈妈也这么想多好！她看着靳歆，总忍不住想到妈妈。妈妈小时候就是这个样子？冷冰想笑。眼前的靳歆当然不会知道以后我会是她的孩子。不过眼下她把我当朋友，或者玩伴呢！和同自己一般大的爸爸妈妈做朋友真有趣呀！冷冰心里很快活。

不过，不是只有一条路才能到这里吗？他俩又没跟我们一块儿荡秋千、过隐杠，怎么会在这里出现？冷冰很奇怪。“你们是怎么过来的？刚才没看见你们。”她问。

“荡秋千，过隐杠呀！我们也没看到你和阿温他们。”靳歆说。

“阿温不让你和绒箐帚它们看到我俩，我们也看不到你们，包括阿温。阿温说你要来，让我们在这儿给你惊喜。”冷风说着两只脚轮换着跳起单立。

冷冰看着好笑，面前的冷风可是要比爸爸爱动啊！当了爸妈就会忘记做过小孩子这件事了吧？但是她没有说，因为她觉得除了阿温大家应该都不知道这是怎么回事，她还怕说出来吓着冷风和靳歆，而且这事也不是一句两句就能说得清楚的。

“到一线丘去的路第一次才走通，你俩单独走，不怕吗？”冷冰问。

“一路上阿温都会悄悄告诉我们怎么走。有什么可怕的。”靳歆说。

冷冰听了很惊讶，这出乎她的意料。她又对着阿温说：“没想到在这儿遇到他们。阿温，你真神！我都没听见你说悄悄话。”

阿温说：“那当然，听见了还叫悄悄话啊！”

“真是惊喜呀，还能跟冷风和靳歆做朋友。”

“嗨，只要你愿意，跟谁都可以做朋友的。”

“嗯。”冷冰使劲点头。

冷风问：“难道我们以前跟冷冰认识？”

阿温说：“或许吧，你们都姓冷。”

大家就笑，笑得好开心。

“只要感觉亲切，肯定早就认识嘛！”绒笤帚说。

“对！”大家同声说。

阿温和冷冰笑着互相看了一眼。

“你爸爸常带你出去玩吗？”冷风问。

“有时候会，他工作很忙。但是到了冬天，不忙的时候也不怎么带我出去，他们说天太冷，怕我感冒什么的。”冷冰说。

“哦，是吧。在这里不怕。你多玩玩，身体会变好的。”冷风边说，边举起手臂像拳击运动员那样比划了一下。

冷冰忍不住笑了，爸爸有时候也做这个动作，连神情也很相似。她禁不住想，居然和小时候的爸妈成了小伙伴。可惜现在的爸妈都是大人，和小孩子玩不到一块儿。这么一想，好像找到了原因，有了些许安慰。不过，想到马上要去一线丘，和大家一块儿去，冷冰有些激动，她对冷风和靳歆说：“这就要去一线丘，你们得去啊！”

“好，我去！”靳歆兴奋地说。

冷风也嚷道：“我也去！”又冲冷冰说：“去一线丘是去对了，要不然你可就白来了！”冷风举起手，跟冷冰击一下掌。

冷冰知道，一线丘不是自己能想象得出来的，阿温的世界如同梦境一般。如果不是担心阿温，她真想一直待在这个有趣的地方。冷冰做梦都没想到，在去一线丘的途中，竟然还有冷风和靳歆的加入，这真是意外惊喜。

“可是，这一路，你俩真的一点都没怕过？”冷冰问。

靳歆坦白道：“真的到了秋千和隐杠上，还是挺紧张的，好几次都觉得要摔下去了。”

哎，到底是小孩子靳歆。怕是怕，还能挺过来，就像她冷冰一样。换做是妈妈，除了吓得哇哇大叫，保不准真会摔下去，冷冰想。又说：“阿温的魔法真灵，我都不知道你们跟我们一路走。”

“是呀，阿温可有神力了！”冷风接道。

冷冰问：“阿温，你是怎么做到的？”

阿温就开玩笑地说：“嗯，我用了障眼法。”

大家都很好奇阿温的魔法，但是也知道魔法哪里是说得明白的。

想到去一线丘的队伍里又加入了新的小伙伴，而且还是冷风和靳歆，冷冰越发兴奋，真想一步就到一线丘。

阿温自言自语的：“不知道跟梦里的是不是一样？”

冷冰想，反正快看到了。

大松蹿上蹿下，很不耐烦，它说："能不能快点？我都等不及了！"

"就你急。"阿温又对着大家，"走吧，去一线丘。我们都快一点！冷冰还得回家睡觉，明天要上课。"

提到回去睡觉和上课，冷冰对阿温眨一下眼，说："不怕的，冷风和靳歆也在呢！上不了课，向老师会先找我爸妈的。"

阿温笑了，说："这倒是。"

大家莫名其妙，绒笤帚说："你俩说话怪怪的，有什么事瞒着我们。"

大松很不高兴，"就是。不跟你们一伙儿了！"

冷冰忙说："你不跟我们一伙儿，我们非要跟你一伙儿，这总可以吧？"

大松听了很高兴。

大家挤在一起往一线丘去。

冷冰问："我记得你说过，找到了去一线丘的路，可是路又断了。这是怎么回事？"

阿温道："隐杠不显形，就过不来呀！总不能往湖里跳。"

冷冰忍不住笑起来。

“说不定是你来了，隐杠才显现的。我们才到得了这里。”阿温说。

冷冰听了不住点头。

冷风对她俩的话听不太明白，但他对冷冰回家这件事挺感兴趣。他插进来说：“哦，冷冰还得回家。”又突然问：“冷冰，你喜欢你爸妈吗？”

这话听着硬生生的，大家都看向冷冰。冷冰却脱口说：“当然啦，那是爸妈呀！”说完后就想，这么简单的问题自己却从来没有想到过。冷冰的心里生出些许沮丧。

冷风又问：“他们知道你来这里吗？”

“当然不知道！要是说了，他们肯定不让。”冷冰的声音闷闷的。

“你爸妈很疼你吧？”

冷冰停顿了片刻，说：“我刚才荡秋千，过隐杠，要是被他们看见可不得了。”

“他们也是担心你。”

“嗯。”冷冰同意冷风的话。她突然问冷风：“你想过你以后的小孩儿吗？”

“我以后的小孩儿？没想过。我自己还是个小孩儿呢！”冷风笑着说。

“以后你要是有了小孩，会让她像你现在这样玩吗？”冷冰还是问。

“你为什么这么问我？我哪儿知道，不跟你说啦！我还是趁现在玩个够再说。”说着跳着大步往前去了。

“冷风除了玩，还是玩。不过和他一块儿玩还是挺来劲的。”靳歆说。

“哦？”原来我爸妈打小玩在一起。冷冰笑了。

“冷风长大了也许就不爱玩了，你跟谁玩去？”冷冰问靳歆。

“那我就找别人玩。我和你玩。”靳歆笑着说，手臂搭在冷冰的肩上。

冷冰又说：“冷风长大了，你也长大了。那个时候也许你早就不爱玩了，可能还不许我玩。”

“长大就不爱玩了？还不许你玩？为什么？”靳歆显出疑惑的神情。想起什么，又问：“难道你不长大？”

“我随便说说嘛！我当然要长大啦！”冷冰说，“可能我长得慢一点，你成了大人，我还是小孩儿。”

“怎么会这样？”靳歆越发糊涂。

冷冰想：要是妈妈知道我和小孩子的她在这里说话，还一同去一线丘，真不知道会惊讶成什么样呢！冷冰拼命想，也想不出会是什么样。

●

站在一线丘前，冷冰惊讶地望着。石壁上的“线”并不窄，是一个裂口，两辆小汽车可以并排着开进去。往里看，就像已到黄昏时分，晚霞殷红，徐徐浮动，这就是从远处看到的那条红色的“线”。

大松从“线”的左面跑到右面，再从右面跑到左面，嘴里喊着：“瞧瞧，这可是一线丘的‘线’啊！”

嗯，这“线”真壮观！冷冰赞叹。又透过“线”望着里面道：“那红霞是我见过的最红最浓烈的！”

“是呀，那是最美的红霞！”阿温显得很激动。

“里面从早到晚，一年四季都这样。”冷风说。

冷冰不解，问冷风：“你怎么知道的？”

冷风忙摇头道："是听阿温说的。听得多了，就跟真的到过似的。"

"哦。"冷冰若有所思。

阿温说："我常常梦到一线丘，不知怎的，有一股力推着我非来不可。"然后重重地舒了一口气，说："今天终于来了！"又看着冷冰说："多亏有冷冰。"

冷冰很高兴，第一次觉得自己对别人是重要的，以前也就是对爸妈而言。

阿温又说："不知道里面是不是和梦里的一样？"

"那我们赶紧进去！"冷冰兴奋得就要往里走。

"慢着！"大松冲到头里，挡住冷冰，"这里面可不是想进就能进的。"

冷冰瞪大眼，望着裂口，问："为什么？"

"里面是里面，外面是外面。"绒箐帚说，靳歆连连点头。"站在这里，你没有感觉到热吧？"绒箐帚又问。

什么里面、外面，冷冰不懂绒箐帚的话，况且这里最多也只是暖春，怎么会觉得热呢？不过她想起阿温曾说过，里面红红的，像个大火球。或许一线丘里很热？冷冰想。她觉得奇幻的事太多，全都超乎了自己的想象。嗨，不管怎样，得进去了才知道。冷冰抬脚又要往里走。

阿温说："冷冰，我们得手拉手，围成圈。"见冷冰疑惑，就解释道："里面应该很热，而在外面却感觉不到，是因为裂口处的气流是旋转的，像旋风，怎么都不会刮出来。你再看里面红霞浮动，也没有从这里飘出来吧？要是这么往里走，会被气流刮到石壁上送命的。"

啊？冷冰额头冒出冷汗。她按照阿温的吩咐，和大家一起拉好手，围成了圈。大松趴在阿温肩头，死死抱住她的手臂。冷冰看了觉得好笑。

阿温让大家闭上眼睛，调整好呼吸。又提醒道："千万别松手，不然会受伤的。"然后对着冷冰说："冷冰，我数到六，你要和大家一起往上跳一下。"

"好。"冷冰想，这不难。

阿温数到六，大家一起跳。冷冰发现跳完后，双脚没有落地，而是和大家一起腾空旋转起来，起起伏伏。转了几圈后，冷冰感觉有股强烈的旋风将她拼命撕扯，几乎要把她狠狠地甩出去。她死死拉住阿温，她感觉阿温的手也正紧紧地拉着她冷冰。

是过了十秒钟，还是十分钟，冷冰完全感觉不出来。她双脚落了地，睁开眼，还感到眩晕，看到的一切都很模糊。云霞如火烧一般，将天空染得通红，简直像是用浓油重彩泼出来的。这里很热，好似大烤箱。冷冰浑身冒汗。她看到大家也是很热的样子。阿温看上去倒不怎么冒汗。冷冰看见阿温的眼里放着光，很有兴致地望着周围，就想，她一定是在将这里和梦境做比对吧！

阿温的声音显得很激动，她指指脚下说："原来是深蓝色的沙漠啊！梦里像是夜空。"

冷冰也兴奋地用脚拨弄沙子，说："嗯，这里好梦幻！沙漠居然是深蓝的。我可从来没见过呀！"她又脱去了薄绒衫，扔在靠近裂口的地方。薄绒衫空空的，像刚蜕去的一层壳。幸亏在边上的不是妈妈，要不然准得被她数落一番。她看一眼靳歆，松了一口气。还好，她只是我朋友，冷冰想，心里自在了一些，甚至在这热烘烘的一线丘里还觉出一丝凉意来。

冷冰觉得眼前的这片沙漠沉静又安宁。这深蓝色里含了一些灰色，冷冰想，接着又想到了绘画课上用的调色板。多余，她嘟哝一句。又蹲下身，捧起一把沙子。沙子是温热的！她兴奋地冲大家喊。阿温跑过来接了冷冰手里的沙子，冷风、靳歆又接了去，还没到绒箬帚手里，就听到大松在喊："哎，冷冰！"

冷冰回头，看见它捧着一块花石头跑过来，很累的样子。她正要问，却一眼瞥见了什么，惊慌地大叫起来："裂口不见了！一会儿怎么出去？"冷冰望着进来时的方向，而原先宽大的裂口却好像根本不存在似的。"趴"在地上的薄绒衫一只袖子直直地向前伸着，大概是要告诉冷冰裂口在那里，另一只则紧缩着，看上去就像正用力抓紧地面，挣扎着要往前挪。

阿温过来拉起冷冰的手说："裂口应该还在。就像我们进来的时候，我们看得见，别人兴许都看不见。"

冷冰想，阿温说得是，既然能进来，就一定能出去。

绒箬帚也安慰道："别担心，有阿温呢！"

冷冰冲绒箬帚点头，安下心来。又问大松，捧着花石头干吗？

大松将石头交给冷冰，说："阿温说，一线丘里很难找到石头，特别是花石头。可我找到了一大块。你扔吧，扔得越远越有好运。"

冷冰接过"大"石头，没有多重，大松却满身是汗。石头上有五颜六色的条状花纹。她举起来对着阳光细看，石头在红霞中迸发出光芒，花纹闪闪流动。冷冰舍不得扔。

“对，扔吧，大家都会有好运的。”阿温也说。

冷冰将花石头用力扔出去。大家欢呼着往石头落下的地方跑去。

如洪荒一般的大沙漠，连着天，冷冰在电视里见过。然而，站在沙漠里，特别是从未见过的深蓝色大沙漠里，心里真有说不出的感动。她感到自己正被这深蓝色沙漠和殷红的霞光温暖地抚摸着，她几乎听到血液在身体里流动的声音。她专心地看着沙漠与天之间的那条线，猛一看是直的，再看又有一点弯曲，连接着上下两种单纯的看似互不相融的颜色。用尺子哪里划得出来？她想，这条线真壮观啊！

这里简单至极，没有鸟鸣，也没有繁花盛开，天上只有红霞浮动，地上除了他们几个，再没有发现移动的身影。植物是有的，全都是褐色、土褐色或灰褐色的，稀稀拉拉地散落在一片不大的区域。走近一些看，全都是枯萎、干瘪的。

“哎？这树都枯了，怎么还这么直？”冷冰边说边心疼地摸着树干。她看到的枯树一般都有些歪斜，没多久就会被挖走，然后原地又种上新的。

“嗯，这里的树都这样。”阿温说。

“是吗？”冷冰很好奇。

地上的草也都是枯的，呈土褐色，看不出任何的生命气息，安然于地，好像早已和世界做了告别。冷冰蹲下身拔下几根来。

绒箮帚说：“这草你肯定没见过。”

冷冰不解，再看枯草，没发觉有什么特别之处。

“这草看着已经枯死，其实它还活着。”绒箮帚说。见冷冰吃惊的表情，又说：“不信带点回去，放进水杯里，你会看到它一天天地绿起来。”

“什么？”冷冰很惊讶。她见过小区里的草地到了春天就变绿了，那应该是新铺了草皮，或者是新撒了草籽后发了芽，抑或是旧草枯萎后，根部又重新长出了新草。但是完全枯萎的草竟然还活着，真是万万没想到。

阿温点头说：“绒箮帚说得对，这里的草可不是你见到过的那些。”

大松叫道：“这里什么都很特别！”

可不是！冷冰冲大松点头。

冷冰又看到一些枯藤，它们紧抓地面，和枯草完全不同。地上还有一些小枯球。踢一脚，它们就骨碌碌地滚动，四散开去。

阿温指着小枯球说：“这是卷柏。这里热，它的根会自动折断，就像给自己理一次发。它的全身卷成这样的小枯球，就能随着风到处滚动。你可别小看它，它借着风让自己滚来滚去，哪一天滚到有水的地方就能重新扎根生长。是不是很神奇啊！”阿温又说：“有水就住下，没水接着走。它可是旅行者啊！”

冷冰听了大为惊奇，捧起一只小枯球说：“这么厉害！真是死去活来呀！”冷冰觉得自己的日子过得还不如一只小枯球精彩。她一边走，一边羡慕着小枯球。

阿温说：“梦里这些小枯球可没这么老实地待在地上。”

“那在哪里？”

“天上，飘来飘去的。”阿温说。

真有趣！冷冰想象着小枯球在天上飘来飘去的样子，不知不觉就走到了没有任何植物的光秃秃的沙漠，除了沙子，还是沙子。

冷冰不由得扯起嗓子高喊，使劲踩着沙子。她又不停地蹲下身，抓起沙子朝空中抛洒。沙子漫天旋舞，在红霞的映衬中显出斑斓的模样。小伙伴们嬉笑着在飞扬的沙子中穿梭打闹。冷冰觉得不过瘾，又纵身扑向沙子里，尽情地滚动，享受着沙漠的热烈拥抱。在这儿真好！还能和大伙儿一起，她想。好大的床，真舒服！冷冰躺在沙漠上，望着红霞。耳边突然有一个小小的声音传来：“我原先住的房子可大了，比这个房子大很多很多……”这就是那个大很多很多的房子？“阿温！”冷冰叫道。

没听到阿温应声。冷冰又喊：“绒笤帚！”还是没回应。四周一片宁静。冷冰起身看，大伙儿哪儿去了？在捉迷藏？这周围可是连棵枯树都没有。她又朝刚才有些枯萎植物的地方望了望，也没有看到谁的影子。她的心跳加快，手做喇叭状，大声呼喊：“冷风！靳歆！”停一下，又喊：“阿温！绒笤帚！大松！”还是没有回应。冷冰听到自己的声音有点抖。好歹应一声呀！她想。此刻，她急需壮壮胆子。她又焦急地看看天色，红霞更深了。得赶紧走，天要是黑了就麻烦了，她想。可是往哪儿走？没有谁可以问。她只好先定定神，然后选定一个方向往前去。冷冰一边走，一边喊着小伙伴们的名字。他们一定也在找我，她在心里对自己说。风吹过，没有带来谁的声音。怕也没用，冷冰想，她硬着头皮独自往前走。走了一段后，她回头望去，沙漠上有了一长串的脚印，看不清起点，也还没有终点。它们像由无形的线串连着，深深浅浅的，却并不凌乱，沿着一个方向执拗地要留下自己的印记，炽热的红霞更是将它们深深地烙在了沙漠上。冷冰第一次看自己的脚印，也是第一次这么认真地看。爸妈一定想象不到，这可是我一个人走出来的。她骄傲地笑了，害怕的感觉也少了一些。

冷冰还是往前走，边走边喊。过了一会儿，她听到了闷闷的回应。循声望去，靳歆从稍远处的沙漠里冒出来。

“我在这儿！”她冲冷冰喊。

看到靳歆，冷冰悬着的心落了下来。她快步过去拍打靳歆，“你们这是干吗？都跑了？叫我上哪儿去找？”

“哎？他们人呢？”靳歆一脸纳闷，说，“我和冷风说好躲到沙漠里的呀！”又看看周围问：“阿温他们哪儿去了？”不等冷冰开口，又想起什么，喊道：“冷风！冷风！”

“我在这儿！”冷风从冷冰身后冒出来，披了一身沙子。

冷风冷不丁地出现，吓了冷冰一跳。“搞什么鬼，你想吓死我啊！”她冲冷风嚷，心里偷笑，要是在家，对着爸爸，我能这样冲他嚷？

冷风对着冷冰笑，掸掸头上的沙子。又对靳歆说：“不是说好让冷冰找的吗？怎么又叫我出来？”

“阿温他们不知道去哪儿了，就剩冷冰一个人，可把她吓坏了。”靳歆说。

“还好，走了一段后就不怎么害怕了。”冷冰说。

“什么‘就不怎么害怕了’！换作是我，肯定害怕。”靳歆说。

“冷冰才不像你呐！她比你胆大。”冷风说。

冷冰看着他俩想，他们要真是爸妈，找不到我，肯定又急又怕的。而眼前的他们跟我一般大，做我的朋友真好，遇到事情我们可以一起想办法，一起试着去做点什么，而不只是让他们着急。冷冰很怕爸妈为自己担心着急，有时候他们就是不说，她也能感觉得到。她冷冰不想那样，可是又没有办法。

“现在怎么办？”靳歆问。

“我们去找阿温他们吧？”冷冰说。

“对，找到他们再说。”冷风说，又想了想，“他们会去哪儿呢？没说要单独行动啊！”

“是呀！真不知道他们要干吗！”靳歆说。

冷风看了看天空，说：“阿温应该不在附近，这里不像要下雨。”

冷冰不解，问：“阿温和下雨有什么关系？”

靳歆和冷风顾不得多讲，只对冷冰说：“哎，这一时半会儿说不清，到时候你就知道了。”

冷冰急着找阿温，就说：“那我们赶紧找阿温吧！”

三人就在沙漠里跑起来。

冷冰没想到，在沙漠上跑原来这么累，越想快，脚就陷得越深，没多一会儿，鞋子里就全是沙子。她干脆脱了鞋，光脚走在温热的沙子上，她感觉真自在，走起来也快了一些。

“那不是绒笤帚吗？”冷风指着一个方向说。

远远望去，是绒笤帚的身影。它正跟面前小得像芝麻似的大松说着什么，还边说边比划。冷冰他们赶忙往那边去。

“绒笤帚！大松！”他们仨扯起嗓子喊。

听到喊声，绒笤帚和大松也往这边来。大伙儿一碰面，绒笤帚先问：“阿温呢？”

大松干脆说：“你们把阿温甩了？”

“别瞎说，谁能甩了阿温！”绒笤帚制止大松。

“我们也正要问呢！真急人，阿温这是去哪儿了？也不说一声。”靳歆道。

“阿温不会什么都不说就走的。”冷风说。

“是呀！”绒笤帚点头。

“阿温不会有什么事吧？”冷冰很着急。

大松跳到冷冰身上，“就是呀，急死我了！”

冷风说：“这样，大家分头去找。”又嘱咐靳歆道：“你跟冷冰一块儿，她路不熟。”然后对着大伙儿说，“没事，肯定能找到阿温。”

大家连忙点头，各自赶紧往不同的方向去。

冷冰跟着靳歆走了好长一段路。因为是沙漠，感觉没走多少，好像总是在原地踏步，人却累到快迈不开腿了。

靳歆说：“歇一下吧。”

冷冰没犹豫，一屁股坐了下去。沙子柔软温热，累了后没有比坐这儿更舒服的了。她看着靳歆想，在这儿坐着，妈妈不会担心我冷了。要不是阿温的事揪着心，她真会笑出来。“哎，阿温到底怎么了？”她说。

“是呀，走了这么久，也没见着人影。”靳歆的话里也透着担忧。

“这沙漠又热又干，植物都枯萎了。可阿温说它们没有死，有水就能活过来。”

“嗯，是这样。神奇吧？”

“我要是热死了，也能活过来？”冷冰突然问。

靳歆笑了，说：“放心吧，你不会热死的。”

冷冰盯着靳歆看，心想：要是换成妈妈，哪会这么说笑。她的眼前浮现出妈妈靳歆的脸，那表情一定是紧张和担心吧！换作爸爸，就算看上去比妈妈镇定，心里也是六神无主吧！哎，爸妈整天都在担心孩子，也真是辛苦。此刻，冷冰体会到爸妈的担心是什么感觉，正像她担心阿温一样，因为阿温现在是她最关心的人。

一阵热风袭来，在头顶上盘旋，“呜呜”低吼。

“要下雨啦！”靳歆高兴地叫道。

“这下不会成人干了。”冷冰站起来，拍拍屁股。她猜测又得动身了。

靳歆迅速跳起来，说：“走，去有植物的地方。”

“你说的是那些枯了的植物？”冷冰问。她想起看到的那些枯树、枯草、枯球、枯藤和枯梗。

“对。”靳歆冲冷冰眨了眨眼，说，“你知道一线丘里最特别的是什么？”

“小枯球？”

靳歆摇摇头，然后说：“沙漠雨林。”

沙漠雨林？冷冰只知道有热带雨林。

靳歆拉起冷冰，“走，让你见识见识！”

冷冰很想问一些沙漠雨林的事，可眼下她顾不上，她想的全是阿温，她问："那，阿温怎么办？在哪儿能找到她？"脸上是焦急的神情。

靳歆说："放心吧！沙漠雨林是阿温告诉我们的。就算她不在跟前，有雨的地方一定有阿温。她或许真遇到了什么事，但是下雨就是阿温在给我们报平安呢！"又补充道："这也是阿温跟我们说的。"

冷冰一听高兴起来，问："沙漠雨林不只是沙漠里下场雨吧？"

"那当然，一会儿你就明白了。"

靳歆一说完，冷冰就道："那赶紧走吧！"拉起靳歆就跑，还不时抬头望望天空。

还没跑到有干枯植物的地方，雨就落下来了。雨一根一根的，如丝线般。冷冰和靳歆张开双手，好像拽着雨丝在跑。

雨落到干枯的植物上，植物仿佛并不领情，还是原先的样子。冷冰顾不得多看，她一心想要找到阿温。"阿温，阿温！"她不停地喊着，不一会儿就和靳歆走散了。她往四周看了一遍，没找到靳歆。她定了定神，要自己别慌，接着找阿温。

雨越下越大，可是打在身上却并不冰凉粗暴，而是柔和的，带着温暖。冷冰放慢脚步，细细寻找。阿温应该就在这附近吧，她想。

脚下的枯草变绿了，在雨中挺起身板，茂密地铺展开来；树干恢复了青灰色，枝条上爆出嫩芽，很快长出翠叶。更让冷冰惊叹的是，有的树竟长出了花苞，在雨中竞相开放。冷冰认出了紫玉兰，和小区里的一样。只是眼前的紫玉兰大朵、大朵地开满了整棵树，鲜艳的紫红色浓烈而单纯。冷冰忍不住钻到花树下，原来满树盛放的紫玉兰竟如此美丽。冷冰看呆了，一时忘了身在何处。

有个人从面前走过，很熟悉。冷冰一时恍惚，不敢相信自己的眼睛。再定睛细看，那不是自己吗？那个“冷冰”从树前经过，还回头看了一眼盛放的紫玉兰。嗯，没错，是自己。至少看起来和自己一模一样。那个“冷冰”还将目光移过来，于是冷冰和“冷冰”四目相对。冷冰的心里生出莫名的激动。“嗨！”她和“她”互相打了招呼，然后，“冷冰”转身走了。冷冰好想跟那个“冷冰”说说话，可惜没来得及。这是怎么回事？冷冰问自己，心情久久不得平复。如果阿温在，能把这些说清楚吗？冷冰不确定。

冷冰不知道该往哪儿去？雨越下越大，将这里变成了一个大水缸。有很多热带鱼游过来，又游过去，色彩斑斓，如水中流动的虹。冷冰在水族馆见过它们，还念过它们被印在标牌上的名字。兴许是隔了厚实的大玻璃，和鱼儿处在不同的世界，不管它们的名字多么好听，冷冰一出水族馆，便忘得一干二净。只有黑玛丽，冷冰看一眼就记住了。黑玛丽不光名字好记，样子也特别，看着根本不像热带鱼，全身漆黑如墨，没有一丝耀眼的光彩。就在冷冰喊着阿温的名字时，黑玛丽游过来，亲了一下冷冰的脸。冷冰轻柔地握住它的身体说："黑玛丽你好！你知道阿温在哪儿？"

黑玛丽鼓动着嘴唇，摇摇尾巴，好像在说："不知道呀！你跟我一起去找吧！"

冷冰正要跟着去，却感觉脚下发虚，身体快要浮起来。

"冷冰，冷冰！"

冷冰听到有人喊，循声望去，立刻兴奋地喊道："党老师，你也来了！"冷冰看到黑玛丽游去的方向站着党老师。

党老师向她招手，并朝这边走来。黑玛丽在他身边游来游去。

"党老师！"冷冰紧紧拥抱她的绘画兴趣班老师。党老师的身形样貌、说话和动作跟平时完全一样。能遇见党老师，冷冰好开心。不过她也很惊讶，这可是阿温的世界，怎么党老师还是党老师？她即刻想起冷风和靳歆。又想，党老师怎么会来这里？是阿温请他来的？

“在这里很开心吧？”党老师问。

冷冰使劲点头。

党老师又说：“那你就淋个痛快！不过别忘了把沙漠雨林画下来。”

冷冰大声说：“好！”她感觉党老师是特地来嘱咐自己的，她真不愿意党老师离开。她指着紫玉兰说：“党老师你看，全都开了。”党老师看着花，点头说：“是啊，真好看。不久，小区里的那棵紫玉兰也会开的。”

“已经开了好几朵！”

“哦？是吗？冷冰观察得真仔细呀！”党老师很高兴，又说，“花开完了，就会长满绿叶，也是很美的。”

冷冰点点头，看着紫玉兰树，想着它变成翠绿的样子。

“别想那么多了。来，我们一起游水！”阿温突然冒了出来。

“阿温，你去哪儿了？怎么才来！”冷冰兴奋地叫道。没想到找了半天，阿温就在身边。又看一下四周，说：“不知道大伙儿都跑哪儿去找了？”

她还发现阿温看上去比进一线丘的时候高大壮实了好多，不会是因为在水里的缘故?

阿温只说："他们一会儿就会过来。"又看着冷冰说："怎么不划？"没等冷冰反应，就在她后背上轻轻托了一把。

冷冰即刻双脚离地，在水中仰面漂浮起来。奇特的是，这里没有水面，雨水将天和地连接得密不透风。冷冰以为滑倒了，大叫："阿温！"伸手要抓阿温。

阿温的细手臂在冷冰一侧划拉几下，冷冰就翻了个个儿，整个人面朝下悬浮在水中。见阿温没拉她，就只好用手臂拼命划水。

阿温笑了，说："瞧，这不划得挺好的。"

冷冰勉强笑笑，心想，自己笑得一定比哭还难看，居然还被党老师看见。都怪阿温。她瞪了阿温一眼，又去看党老师，而党老师却微笑着朝她挥挥手，转身走了。

冷冰急着喊党老师，想追过去拽住他，可惜水中的她实在游不快。她眼睁睁地看着党老师的身影在水纹中淡去。

阿温说："党老师先去忙了。"

冷冰觉得阿温说的是，心里踏实下来。她又问阿温："刚才在沙漠，怎么突然不见了？去哪儿了？大家可都急着找你呢！"

阿温只说："我不在这儿嘛！"然后，她就在水中像鱼儿似的灵活地打滚，翻筋斗。所有的动作像是一笔勾勒的，连贯、优美。

冷冰看呆了。她还发现阿温看上去比进一线丘的时候高大壮实了好多，不会是因为在水里的缘故？她想起自己喜欢将手放在盛满水的玻璃杯后面，隔着摇摇晃晃的水，手掌可是大得出奇呢！冷冰多么希望阿温的个头真的变成了这么大。

阿温停下来，让冷冰照着做。阿温没觉得我的个儿有不同？冷冰一边想，一边模仿着阿温的动作做。她知道自己的动作僵硬笨拙，一定很滑稽，假如是个机器人，那也是哪个部件出了故障。她怎么也做不到像阿温那样。阿温是条鱼？我会不会也是一条鱼，一条水性不好的鱼？做一条鱼到底好不好？冷冰又不时冒出奇怪的想法。斑纹华丽的鱼儿在她身边穿梭自如。在水里我不如它们，冷冰苦笑一下。

枯草、枯球、枯干、枯藤和枯梗仿佛消失了一般，这里成了绿草、绿树，鲜花的世界，它们在水中摇曳起舞，好像本来就是水生植物。深蓝色沙漠化身海洋，热带鱼悠闲地来来去去，像是特意打扮了在这里炫耀。

冷冰张开双臂，努力地游起来，不去想动作是否优美。渐渐地，浑身变得自如起来，接着，整个人都轻盈了，之后简直要在水里飞翔起来。这样的感觉太棒了！她真希望就这么游下去。

阿温一直在冷冰身边。冷冰看她一眼，问："你真的一直都在？"

"嗯。"阿温应道。

"那大家分头找你，怎么都找不到？"

"我都看见了。"

"什么？你偷偷看着我们也不露面？"

阿温说："不是你想的那样。我正好在变，时间长了点。"又补充道："我变的时候，你们看不见我。"

哦，阿温又变了。冷冰望着水里大大的阿温想，一线丘可不是平常的地方，它不会让阿温变弱。不然，阿温为什么总是梦到一线丘？而且竟真的来到了这里？阿温的能量和魔法莫不是和这一线丘有着什么联系？这其中的缘由冷冰想不明白。一线丘根本就是个奇幻世界，自己竟也来到了这里，还身处沙漠雨林，真是奇妙啊！冷冰在心里不住感叹。说不定冥冥之中自己和这里也有着某种联系呢！冷冰知道这些她同样想不明白，也顾不得去想。一线丘固然好，是阿温梦寐以求的地方，也是大伙儿向往的地方，可是，终究还是要离开的，包括阿温。出了一线丘，阿温还会再变弱吗？冷冰忍不住担心起来。但她不想让阿温看出来。也许在这里阿温的能量增强了，不会再变弱，何况还有大家呢！就算有什么发生，大家在一起，总会想出办法的，她安慰自己。

见冷冰不吱声，阿温的手在她眼前晃了晃，“嘿，怎么了？是不是累了？”又看了看周围说，“咱们也该走了。”

冷冰回过神来，嚷道：“这沙漠雨林好带劲啊！我可不想走！看这雨，停不了！”就势抱紧双腿在雨水里翻滚了一下。心想，在一线丘里能待多久就待多久吧。

“阿温！冷冰！”

是绒笤帚在喊。它正快速游来。大松紧紧抓着绒笤帚的尾巴，踩着水，跟冲浪似的，屁股后面还有长长的水花，像根白色的大尾巴。

“到了雨林，就知道准能找到你。”绒笤帚对着阿温说，又用力甩了一下尾巴，“讨厌的大松，把我的尾巴拽得生疼。你水性好，干嘛老偷懒？”绒笤帚将大松当果子抛了过来，阿温轻松接住。

“你抢了我的尾巴，还要凶我！”大松无限委屈。

“好了，都别闹了！”阿温说，“休息一下，我们得出去。”说着，就在水中站立，张开双臂，依次从两旁往中间、再由上往下做收拢的动作。

“干嘛要收它？我还没过瘾呢！”大松叫道。

“不收，雨停不了，我们也出不了雨林。”阿温说。

“那就待在这里好啦！”大松不依不饶。

绒笤帚将大松揪到眼前，盯着它道：“好多事可没你想得那么简单。听阿温的！”说着，将大松放到肩上。

阿温继续做着收拢的动作，私下告诫自己要确保有能量做好它。她动作的幅度不大，甚至可以说是轻柔，细细的手臂也只是自然地伸一下，看起来和普通人没什么不同，可她却能将连着天的“水幕帘子”收起来。冷冰张大嘴，呆呆地望着，她还看到了“帘子”被收起时的折纹。一股热浪袭来，“帘子”抖动了一下，零星的水珠，滴落在冷冰的身上。冷冰找不到什么词来形容自己的感觉。她暗暗想，如果将这些说给秦雪或者孙晓丞听，他们会相信吗？

沙漠雨林像个幻影，就这么消失了。空中是漫天的红霞，大地依旧是深蓝的沙漠。一切静谧安详。冷冰恍惚中看看四周，忍不住想，真有沙漠雨林吗？而刚才在雨林中的一切，分明记得清清楚楚。难道是一场梦？又想，梦就梦吧，只要记得就好。她的心静了下来，也变得踏实。但是，她还是不由自主地担心起阿温。万一离开一线丘，阿温变弱了怎么办？至于会不会变没了，她不愿去想。

冷冰不想只在记忆里和阿温在一起，她不想失去阿温，她知道大伙儿也一样。有阿温在，才会觉得快乐，做什么都会有意思。

这时候，冷风和靳歆也从不同的方向跑了过来，看到阿温，都松了一口气。

大松说："进了雨林，光顾找阿温，都没怎么玩，雨林就没了。"又急着问："难道这就要走？"

"不早了，该出去了。冷冰还要回去睡觉。"绒笤帚说。

"对，冷冰明天一早要上课，得休息好。"靳歆也说。

冷冰想，这和妈妈靳歆是一个口吻！哎，哪儿都躲不过。她朝靳歆笑笑。

冷风盯着阿温看，然后问："阿温，你感觉怎样？"

大家都看向阿温。冷冰看了一会儿，突然叫道："阿温变了！"她发现阿温的块头和在水里时差不多。

大松惊叫："你小点声！"它看看阿温，"阿温个头本来就大。"

绒笤帚不理会大松，它看着阿温，也高兴地说："可不是，阿温看起来比来的时候健壮，个头也更大！"

阿温笑着说："这就好，你们不用再担心了。"

靳歆很兴奋，冲冷冰说："一线丘可是阿温的宝地！"

冷冰连连点头。

“别说是阿温，我也觉得浑身有了使不完的劲儿!”冷风边说边挥动手臂。

大家都笑。

“还别说，刚进一线丘的时候，我热得很，现在倒不觉得了。想必我也得了能量。”绒箬帚说。

冷冰想了想，说:“嗯，我也是。刚在沙漠上走还挺累的，这会儿倒不觉得了，就跟没走多少路似的。”

“就是。”

“要我说啊，不如再去一回沙漠雨林，能量会加倍的!”大松一下蹿到阿温头上。

冷风发现阿温的额头上在冒汗，就问:“阿温，你没事吧?”

阿温自己也觉得奇怪，进到这里后，直到现在都很舒畅，变的时候也没什么难受的，为何热了起来?她怕大伙儿担心，就说:“我没事，就是有些热，凉快一下就好了。”

冷冰想，也许是阿温的能量越来越足的缘故。再细看，阿温除了冒汗好像没别的变化，就放心了一些，只想着怎么让阿温凉快一点。

大家上下左右乱看，也没发现哪里比较凉快。绒笤帚找来大枯叶替阿温扇风，没扇几下，叶子就碎了。

大松说：“来一场大雨才凉快！”

绒笤帚马上说：“下什么雨，这一出去，不就凉快了。”

靳歆很赞同，“是啊，出去后阿温就不热了。再说冷冰也该回去睡觉了。”

不等冷冰开口，冷风说：“出去得先找到进来时的裂口。”然后看了看阿温说，“先给阿温降温。”

阿温的汗越冒越多。大家马上寻思还有什么降温的法子。靳歆让冷风帮着从枯梗、枯藤下挖了些残存的凉土，堆在阿温额头，看着就像土著人的帽子。

谁都没有笑。冷冰忍不住上前抱住阿温，问：“好些了吗？有没有凉快一点？”

阿温冲冷冰点点头，说：“你抱着我，感觉凉快些。”

“真的？”冷冰听后，将阿温抱得更紧了。她心里想，得赶紧出去。

突然，大松喊：“快看！”

大家看过去，前方不知从哪里飘来大片透明的白色水雾，很快占满了天地。火烧一般的红在水雾里浸染，晕开，如花朵般舒展和漫卷；而沙漠那深邃的蓝也在水雾中升腾，扩展，承接那热烈的红。红与蓝在半空中相遇，拥抱，交融在一起，煞是壮观。白雾最初透明如烟，此刻竟如一袭蒙蒙的紫纱。

大家呆呆地望着，好半天都没回过神来。“紫纱”却将他们裹住，并托了起来，然后像一艘结实的小皮艇载着他们往前开。真没想到！大家如梦初醒，不住惊叹！阿温意识到这是要开往裂口，出一线丘了。

大伙儿也很快意识到要离开了，全都依依不舍。

冷冰却想，也许还会再来，和阿温一起。她紧紧拉着阿温的手。

“皮艇”很快。就要到裂口了吧？大家想。前方有些风在盘旋，阿温觉得精力倍增，大声对伙伴们说：“前面有旋风，要小心。我在前，你们一个一个从背后抱紧了，千万别松手，要不连着后面的就都出不去了。”

“好！”大家齐声应道。

绒笤帚说：“阿温身后让冷冰第一个。”

虽然看不见裂口，冷冰没有慌张，她抱住阿温的腰。阿温的腰柔软温暖，冷冰感觉和她如连体一般。接下来是绒笤帚抱着冷冰的腰，大松趴到绒笤帚后背，爪子死死掐住绒笤帚，绒笤帚疼得直叫。紧接着就是靳歆，冷风断后。

“皮艇”继续往前。不一会儿看到了石壁的裂口，但裂口却有两个，模模糊糊的，两个裂口之间还隔了不少距离。大家的心悬了起来。

“到底是哪一个啊？来的时候也没这么奇怪。”靳歆语气透着担心。

阿温宽慰道：“别担心，能出去。要不‘小皮艇’也不会把我们带到这儿。”又说，“我们来一线丘多难？走也没那么轻松吧！”

绒笤帚说：“这才有意思嘛！”

“嗯。”大家听了都点头。

“也许是障眼法！”大松嚷道。

大家又笑。

冷冰突然说：“我的薄绒衫呢？”她记得进来后扔在了裂口附近。她想，离薄绒衫距离最近的就是进来的那个口。

大家赶紧用眼睛找，没找到。

“坏了！这不是原来的裂口！”冷风喊道。

大松吓得大叫："那怎么办啊？"

阿温一时也不解，要大家别慌，并让自己冷静。她反复感觉，不管这是不是原来的裂口，都得从这里出去。这里是一线丘，一切都不寻常。又想，看起来这似乎是一线丘指给的方向，或许这就是我们该走的路？只不过事先不知道而已。

冷冰也在想，难道一线丘要把我们带到连阿温都不知道的地方？或许……她心里很不平静。

一阵旋风刮过来，阿温果断喊道："拉好啦！小心！"

队伍歪七扭八的快被折断。大家知道正在通过裂口。冷冰紧紧抱住阿温，她感到阿温将满满的能量传给了她，又经由自己传给了后面的绒箮帚。整个队伍像一根扯不断的绳。阿温真了不起，冷冰想。

穿过热浪般的旋风，一股凉气扑面而来，大伙儿即刻清醒舒爽，知道出了一线丘。意外的是，队伍不是顺势往前滑下，而是直接下落，嗵的一声摔到地面。"小皮艇"不见了。

"吓死了，这么响！"大松叫道。

冷冰他们忍住痛，不说什么。

绒箮帚爬起来，看一眼阿温，数落大松："能有多响？你大松的胆子怎么变得这么小！看看冷冰，她可是第一次来我们这里，也没像你这么怕。”

冷冰定定神，说：“嗯，还好，没什么吓人的。”她看到靳歆和冷风的脸色都有些发白了。

跌倒在地的阿温慢慢起身，问：“是不是很疼啊？”

大家就说：“还好，不怎么疼。”

阿温样子没变，但看起来比在一线丘里时弱了一些。大家都知道，为了安全出来，阿温将全身的能量传递给了每一个伙伴儿，消耗了自己。冷冰忍不住又担忧起来：出来后阿温会不会再变弱，以防万一，还是要尽快想些办法！她看一眼绒箬帚，再看看靳歆，明白大家都是着急的，只是和自己一样，不知道该怎么办。

“这是哪儿？”

“好像没来过吧？”

“回去的路呢？”

“再怎么走？”

“这条路通哪儿？”

大家问来问去，都不自觉地提高了音量，然后全都看向阿温，等着她拿主意。看来这是个陌生之地，阿温到过这里吗？冷冰想。

阿温没出声，她仔细观察四周。大家就都明白了。

这里十分嘈杂，树上或是草丛里，不知道是什么在叫，跟大合唱似的，一刻都不停歇，听着就觉烦躁。冷冰觉得像蝉声，又不像蝉声。问了绒箬帚和靳歆，也都说不清楚。再看远一点的山坡，不似常见的那种，而是方方的立在那儿，像块糕点。树都是矮矮的，草却长得跟芦苇似的，有绿的、蓝的、米白的，还有些是红的，风一吹，姿态婀娜。各类鸟兽穿行其间，叫一声的工夫里，连个影子都很难留下。来来往往的人，别说冷冰没见过，就连大松、绒箬帚们也没见过。这些人盘着奇怪的发髻，插着竹簪，眼睛全长得像一条线，好像眯缝着，似笑非笑。他们大声说话，冷冰和小伙伴们却听不懂说的是什么。他们走过去，好像旁若无人。大松追上去，抓住一个人的衣角，那人却感觉不到，径直走了。

“想问个路都没人理，这是个啥地方呀？”大松急得直跺脚。

大家的心里也是一样的紧张。

阿温看上去还比较镇定，说：“大伙儿别担心，这里看着生疏，路还是有的，总能走回去。”停顿后，又说：“在一线丘待得久了，大家都很累。不如先休息休息，然后再送冷冰回家。”

“怎么送冷冰回家？”靳歆的话里透着担心。

绒箬帚忙说："阿温会有办法的。"

"是啊！还是先照阿温说的，休息一下。大家都累了。"冷风道。

"嗯，不急的。"冷冰不想让大家为自己的事着急，同时也想好好静一静。

阿温沉思片刻，指着前面说："往前走一段，再往右拐，下了坡就是翠舍。"

"看，没来过这里，阿温都知道附近有翠舍。我们还操哪门子心呀！"大松松了一口气。

"就是。"大家赞同。

"眼下，我用魔法只能找到翠舍。"说着，阿温和大伙儿一起往翠舍方向去。

冷冰边走边看着眼前的路，对阿温说："要是先找到这条从翠舍过来的路，去一线丘可是顺多了，就不用荡秋千、过隐杠了。"

阿温却说："从一线丘出来才走得到翠舍，而从翠舍是走不到一线丘的。去一线丘只能一个方向，也只有一条路，必须荡秋千、过隐杠，才到得了。"停了一下，又说："去一线丘是不好走，可是，不好走也挺有意思的嘛！你冷冰走这一遭，可变得厉害多了！"

冷冰连连点头。心里说，这一路走过来，都是以前不敢想的。她又回头看一眼一线丘。

阿温说：“嗯，是得多看看。再走一段，就看不到了。”

“为什么?”冷冰好惊讶。

阿温没吭声，她不知道怎么说好，有些事是说不清楚的。

冷冰忍不住又回头盯着看，生怕连记着的都会忽然想不起来。“一线丘太特别了。”冷冰说。

“嗯，和我梦里的也不一样。奇怪的是，我一到那儿就好像回到了很久以前。”阿温语气激动，转而又有些迷茫，“可是，很久以前是不是就是这个样子，还真说不好。”

冷冰用愉快的声音说：“这应该就是你的大房子。”又自言自语的：“这么说来，我的那个房子就太小了。”又看着阿温，“怪不得你说你的房子可大了，进了一线丘，才知道‘大房子’是多么有趣!”

“嗯，在一线丘真痛快！进去的时候想，只管变，我倒要看看会不会变没了!”阿温用力说。

“怎么会!”冷冰脱口道，“一线丘给你攒劲儿呢!”她眼前浮现出在一线丘里个子变大、变壮实的阿温。要不是出来时费去不少能量，阿温应该还是那样。

“我也这么觉得。”说罢，阿温大概也想到了出来后的力不从心，就说，“没事儿，我有的是魔力，不会让自己变没的。”

冷冰点点头。又问：“还能再去吗？”

阿温抿了一下嘴，稍稍叹息了一下，说：“不能了吧，一线丘不比别的地方。”又笑着说，“走了这么多次才终于走到，一定是因为你来了。”又自言自语起来，“为什么冷冰一来，路就通了？”

冷冰听了，心里着实高兴，不过她说：“我也没什么特别的地方。”

“谁都有和别人不一样的地方呢！只是我们不怎么看得到而已。”阿温说。

是吗？冷冰想起在一线丘里的事情，就说：“嗯，好像是这样。可惜下次……”

阿温就说：“还会有别的地方。虽然不知道在哪里，会是什么样子？只要我们去找，一定找得到。”

冷冰觉得阿温说得对，只要相信有，一心去寻找，或许都能成呢！假如没有对阿温要变的担忧，冷冰还会兴奋地跟阿温聊一些和一线丘有关的事情，因为她从中有了太多新奇的感受和体验。

可眼下冷冰满脑子想的都是阿温不能再变了，就算要变，也要变得慢一点。她心里焦急，能想到的办法是劝说阿温和自己一起回去。但是阿温会答应吗？更何况一起回去决不是一件轻而易举的事。

阿温又指着翠舍方向，说：“一会儿都在翠舍等吧。”又看看天，笑着说：“时间还来得及。我先去走走，恢复一下体力。”

绒笤帚驮着大松走上来，对阿温说：“我们跟你一起去。”语气很平常。

阿温说：“不用。”就径自往北面的山坡去。

绒笤帚对冷冰他们说：“大松静不下来，我和它再去哪里转转。”

冷冰点头说：“好，我和靳歆、冷风先去翠舍，你们一会儿过来。”又叮嘱道：“记着点路，别走错了。”

●

阿温绕来绕去，最后借着古榕树的引导，才到了它跟前。她伸一下手，拉低了树枝，然后坐上去。树枝在风中微微摇动，阿温既踏实，又放松。

“终于去了一线丘！”阿温说，长长地舒了一口气。又问：“我是从那里来的吗？”不见回答，又自言自语道：“出来时出口变了。我是不是得把大家带回这里，然后沿老路送冷冰回去？”

榕树还是没吭声。

阿温接着说下去：“进了一线丘，我的身体越来越热，还变了一回，时间有点儿长。我倒觉得精神比在外面足。冷冰说我变得比以前壮实，个头也大些。我自己看不到。”

榕树“嗯”了一声。

“我还是很想再去。可是，我知道这不能够了。”

“能去一次就很好。看我，哪都去不了。”榕树说。

榕树的表情是看不出的，但阿温能感觉出来。她换一个话题，问：“榕树叔，我是不是又轻了一些？带着大家出来的时候费了不少劲儿，身体有些累。”她又用力晃动了几下，“我恐怕还会变吧？会不会变没了？”

榕树说：“什么叫没了？”

阿温答不上来。

沉默了一会儿，榕树说：“风从你身上吹过，你感觉到有风，过后，风就没有了？”

“风吹到别人身上去了，我只是感觉不到。”阿温说。

“是嘛！风还是在吹。就算它停了，也只是化成了你感觉不到的样子。你再看，叶子枯了掉到土里，滋养树根，又从树上发芽，再长成绿叶。你说叶子是枯萎后落下就没有了，还是它换了个样子存在着？”又说，“你阿温在这里能量再大，也总有减弱的时候。这是自然的事，不必太在意。”

阿温想到一线丘里那断了根、卷成小枯球的卷柏，点头说：“榕树叔说得对。”又说：“我就是真的没了，也没事。在这儿我有许多朋友，像榕树叔、绒箬帚、大松、靳歆、冷风他们。还有这么多的花草树木也都是我的朋友。我和大家在一起，过得很开心啊！”说完这些，又想到冷冰，说：“多亏榕树叔帮忙，我的好朋友冷冰才能来这里，我们也才能去成一线丘。”

“那是你的心意诚，要不然我也帮不到你什么。不过，冷冰回去，得靠你自己，我使不上劲儿了。你榕树叔也不是万能的。”

“嗯。可是，我真怕自己越来越弱，会有什么闪失。”阿温说着又叹了口气，“冷冰要是回不去，麻烦可就大了。”

“先别急，总能想出办法的。”榕树又说，“急的不光是你，绒箬帚和大松也着急呢！”

“哦？它们可没跟我说呀！”阿温有点意外。

“是它俩在沙漠里嘀咕，被我听到的。”榕树看看阿温惊讶的表情，笑了起来，“呵呵呵，不是我要偷听，是看它俩太着急了，我才和它们一起想办法的。”

“它们能听到榕树叔说话？”阿温很惊讶。

“是我让绒笤帚听到的。没想到吧？它自己也吓了一大跳，追问我是谁？我没说我是榕树，我怕再吓着它。我还是希望它们把我当成一棵普通的榕树。”停顿后又说：“有时候我也不清楚自己还有哪些能耐。”

阿温连连说是。又问：“那你们商量出什么办法没有？”

“这个嘛，还没有十全的把握。我和绒笤帚说了，到时候看情形吧，也许得大家一起帮一把。不管怎样，榕树叔相信你一定能行。”

阿温点了点头，心里踏实了些。

榕树沉思片刻后说：“绒笤帚和大松都很担心你，特别是大松，急起来吱吱乱叫，真被它闹得心慌。到底你们在一起也这么多年了。”

“是呀，我们是最好的小伙伴。我知道它俩为我变来变去的事着急，生怕哪天我变没了。”然后，好像对着榕树，又好像对着自己说：“我就是变成了小虫子，也会和绒管帚它们在一起的，哪怕它们根本不知道那只小虫子是我。”阿温的声音有点颤抖。

榕树平静地说：“它们会知道的。不过呢，”顿了顿喉咙，“有些事，不是只有一种结局。”

“怎么？”

“有时候换一个法子，或许就没事了。”榕树见阿温看着自己，接着说，“好比一棵树，就拿我说吧，这里没水了，大家帮着我挪移到水边，就没事啦！”

阿温说：“难道榕树叔要把我挪移到别处去？冷冰也老是要我离开这里，还说这样的话，我也许就不再变了。”又看看周围，“哪有那么容易，说走就能走的？再说了，就是能走，我也不能一走了事呀！哎，还是再想想别的什么办法。”

榕树说：“嗯，眼下走一步看一步吧。”

阿温说：“我现在只想着帮助冷冰回到家，其他的先不去管。”

榕树说：“冷冰回家的时间还有些富余，你静一静，好好休息一下。还有大家帮着想呢，不用太担心。”

阿温点点头，和榕树告辞。仔细分辨去翠舍的路。

绒笤帚和大松在去翠舍之前，先绕道去了偏僻处商量了一番。绒笤帚说:“我一直在想隐秘高人的话，他说阿温送冷冰回家，恐怕会很吃力，要我们帮她。”

大松道：“他说怎么帮了吗？”

“没有，说要看阿温那个时候的情形。不过，倒是说了一句……”

“什么？”大松问。

“他说，你们怎么想，就怎么帮她。别老想着有什么万全的办法，那样反而想不出什么来。有时候别去想太多，反而自然就会有办法。”绒笤帚说着，摇了摇头，“真是搞不懂。”

“要不怎么叫隐秘高人呢！”

绒笤帚觉得好笑，戳一下大松的脑袋。

它俩到了翠舍，冷冰他们已经在那儿了。

这里说是翠舍，不如说是翠竹林。翠竹多得将周围的树木全部遮挡住了，只有花草长了一地，让这里显得朴素而不单调。

绒笤帚它们一来，大家又说起冷冰回去的事。

“啊！”从竹林深处传来好像伸懒腰时发出的声音。

大家赶紧跑过去看。没想到是大康走了过来。大家都很惊讶。绒笤帚问："大康，你怎么在这儿？"

大康的身后有一个用翠竹做的小屋，原来这才是翠舍，藏在林子里，冷冰觉得它很像用来蒸小笼包的笼屉。

大康看看大家，又看看周围，问："哎，这是什么地方？我怎么在这儿？你们怎么也在这儿？"

大家就笑。

大松说："得问你自己呀！"

大康想了一会儿，说："我累了，在茅屋和阿爸一起打盹儿，怎么一睁眼就到了这里？"

看着大康迷糊的样子，大家又笑起来。

"是阿温的魔法。"靳歆说。

"嗯，除了阿温，谁还有这个本事。可见阿温的神力还是足啊！"冷风说。

"对。送冷冰回去应该没问题。"绒笤帚说。

大家连连点头。

大康从翠舍中拿了些面包和桃花蜜水来，还自言自语的："没想到，原先是放在茅屋里的，怎么这里也有？哎，一会儿我再打个盹儿，就连人带东西的又回去喽！"说着，自己先笑起来。

“要是冷冰也能这么回去，就太好了。”绒筲帚说。

“回不去咋办？”大松问。

“有阿温呢，怕啥！”大康说。又转向冷冰，“要我说，冷冰就留在这儿吧，这里多好！”

靳歆说：“好是好，可是冷冰的爸妈不要急死啊！”

“对，冷冰还要回去上课呢！”冷风也说。

冷冰想，瞧他俩说的，他们到底是我的朋友，还是我的爸妈？又想，如果阿温不肯一块儿走，或者走不了，自己不如先留下，至少可以陪着阿温，和大家一起再想办法。也许想着想着，办法就有了。冷冰很想把这些话都说出来，可是，她怕这么一说，大家会更着急，更担心，也会更难受的。她深吸一口气，说：“大康说的是，这么麻烦，还是不要回去了！也省得阿温受累。”又说：“我喜欢这里！”

大松先欢呼起来：“就是嘛，这里多好！别回去啦！”

绒筲帚说：“能留下是最好了，大家在一起。还可以好好想想……”就不再往下说了。

冷风显出很轻松的样子，说：“哪有比这里更好玩的地方。”

冷冰知道大家的心情。

靳歆忙接着冷风的话说："就是，在这里多好，有阿温，还有这么多好朋友。"停一下，又说："不过，最好能想个什么办法，和家里说一声，省得爸妈惦记。"

冷冰听了大家的话，更想留下来。她确认冷风和靳歆也是自己的好朋友。可是，靳歆最后说的话让她多了一丝牵挂。靳歆说得对呀，无论怎样得跟爸妈说一声。不过呢，说了之后怎么办？不见爸妈了？从此也不再上学？她陷入苦恼中，很想再往下想，可就是想不下去。

"要我说，得看情形，到时候该怎样，就怎样。"阿三说。他不知道什么时候出现的。

"阿三叔也在啊！"绒笤帚说。它想，阿三叔一定听到了大家刚才的话，就说："阿三叔说得对。"

大家不吭声，琢磨着阿三话里的意思。

看到阿三，冷冰总是不由自主地想到阿四。阿四以后会变成阿三这样吗？是变成阿三这样好？还是不变成阿三这样好？想起阿三刚才说的"得看情形"，冷冰好像明白了点什么。谁说不是呢！阿四不知道有阿三，阿三也不知道有阿四，他们都在顺着自己会变成的那个样子变。可是，不管怎样，小宁要是变成大康这样还是很好的。冷冰看着大康，愉快地想。我以后会变成什么样子呢？转而又想，看电影的时候，想吃爆米花，妈妈就说：小孩子吃这个不健康。所以就一直吃得很少。以后，或者长成大人之后，也许真的不想吃了，也许会想多吃一点点？以后的事情谁能说得准呢？冷冰又想到阿温，阿温的事是不是也“得看情形”？这“情形”究竟会是怎样？

绒笤帚过来悄悄说：“等阿温到了，先听听她怎么说。阿温会有办法的。”

冷冰点头。

“阿温！”大松喊。

阿温正朝这边过来。

阿温的样子看上去又弱了些。大家看在眼里，谁也没说出口。

“哎呀，我是最后一个到的。”阿温语气轻松。

“我们正在商量冷冰回家的事呢，等着你拿主意。”绒笤帚说。

“嗯，冷冰回去的时间快到了。”

没等阿温往下说，大松插话道：“冷冰说不回去啦！”又说：“大家都要她留下。”

“虽是这么说，冷冰怎么能不回去呢！”绒笤帚说，它看看冷冰，又看看阿温。

“是呀，冷冰得回去。”阿温说。

“如果回去太难，我就先留下。我也喜欢在这儿。”冷冰说。

“不行，说好出来一个小时的。”阿温看着冷冰又说，“我要先帮助你回家。以后我好些了，还能再接你过来。万一，”她停住口，过了一小会儿，说，“我要是能量耗尽，就没办法送你出去了。”

“那我就留下呗！”冷冰看看冷风和靳歆说，“冷风和靳歆都在这里，怕什么？”

冷风和靳歆对看一眼，摸不着头脑。

“他俩和你爸妈不是一回事。”阿温说。

“什么叫‘和你爸妈不是一回事’？到底是怎么回事？”冷风不解，看看阿温，又看看冷冰，再看看靳歆。看靳歆的时候有一点点尴尬。最后盯住大松。

大松叫：“我可不知道！”

阿温继续对冷冰说：“我能量耗尽，这里或许会有很多改变，就不是你现在看到的样子了。”

“怎么会？”冷冰看一眼四周，让自己平静一下，说，“就算都变了，还有你，还有大家。”

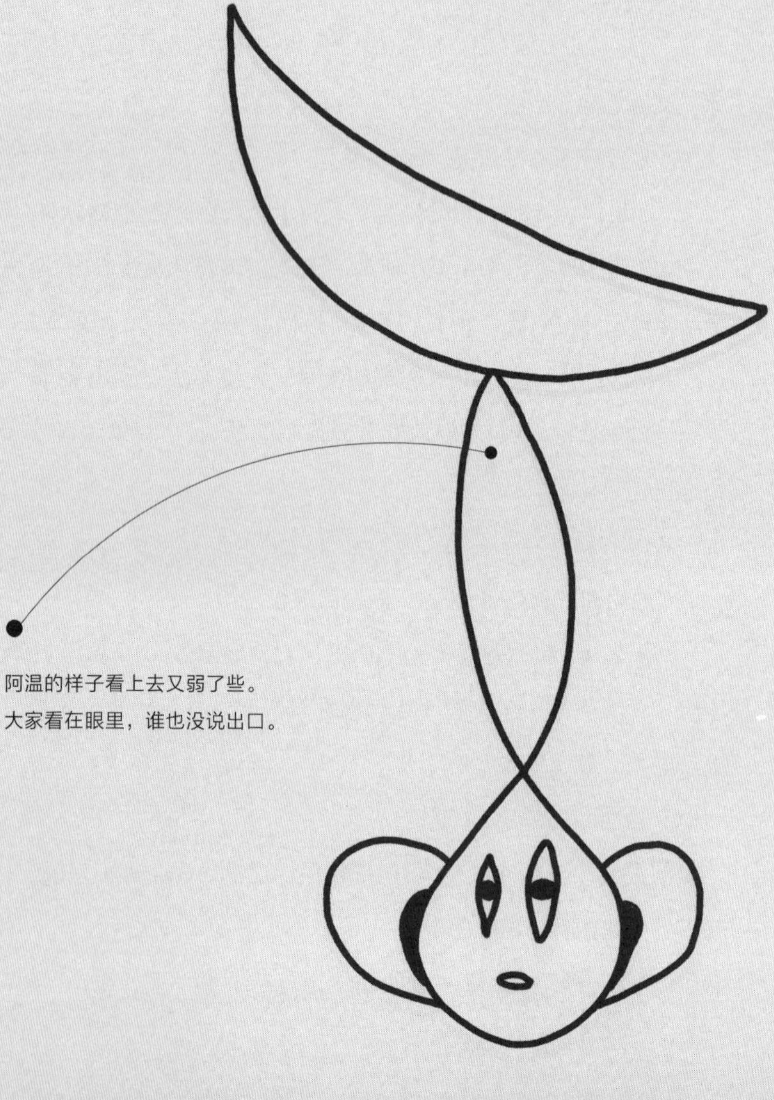

阿温的样子看上去又弱了些。

大家看在眼里，谁也没说出口。

“如果真到了那会儿，我或许就变没了。”阿温看一眼大家，又说，“是变得谁也认不出来了。”

冷冰说不出话来。

“不会的，我们不能让这样的事发生！”绒笤帚一反常态，语气十分坚定。

阿温惊讶地看着绒笤帚，这话给了她很大的勇气，她说：“绒笤帚说得是。我要努力保持我的能量。”又对冷冰说：“我会用全力去做。你很快就能回到家。”

“去吧，时间差不多了。”阿三说。

大家于是告别了阿三和大康，即刻出发。

“可是，路怎么走？”绒笤帚问，又说，“冷冰得在进来的那个地方回家吧？”

阿温点头说：“是的。”

可是眼前只有两条陌生的路，连阿温刚才从榕树那里过来的路都不见了。左前方的直一点，右前方的弯弯曲曲。两条道的边上都是些普通的花草树木。

靳歆担心起来，说：“这下冷冰怎么回去？”

冷风也说：“是啊！”

大家都看向阿温。

阿温也纳闷，刚才从榕树那里过来的路这么快就不见了？冥冥之中好像有什么事要发生，是什么事？阿温没时间去想。她看着面前的路，走哪条才到得了冷冰进来的地方？以往遇到事，很快就能知道怎么办，可是这一次，阿温犹豫了。她很焦急，担心无法送冷冰回家。她在心里暗暗喊着“榕树叔”，想听听它的指引，但是她没有听到那个熟悉的声音。

大松突然跑到右前方的路口，从地上捡起什么，然后兴奋地冲大家喊：“看，花石头！”冷冰一看，这不是大松在一线丘给她的石头？已经扔了，怎么在这里？

阿温明白了，她指着右前方的路说：“走这边。”

这是一条石子路，不时有锋利的小石头凸起，走在上面时有刺痛。大家都忍着不说。只有大松骑在阿温肩上，最是自在。路并不很长，拐了一下就到了尽头，那里有一块大大的石头立着。石头的底部是尖的，上端也很窄。真不明白它是怎么立着的。

阿温注视着它，说：“就这里。”又说：“冷冰该走了。”

“怎么是这里？这不是冷冰进来的地方呀！”大松急着问。

大家也都看向阿温。

“走不到那里了。冷冰只能从这里回去。”阿温说。

冷冰反而暗自庆幸，她想，这或许为的就是和阿温一起走。她对阿温说：“阿温，去我家吧！”

阿温不让她说下去，“放心吧，我没事，这里还有大伙儿呢！你得先回家。你能从家里过来，也应该回得去。我可不是说去就能去得了的。”看冷冰不舍，又催促道：“又不是见不着了。你得赶紧回家，时间不早了！”

冷冰看着阿温的神情，知道自己不走，阿温会很着急，她不想阿温这样。冷冰的心里也已明白，阿温是铁了心的，就是能走也是无论如何不肯走的。到了这会儿，再怎么劝说也没有用。自己只好先回去，再想别的办法。

于是，冷冰跟大伙儿一一道别。

冷风和靳歆说：“你一定要再来，我们一起去找迷榖。”

“迷榖？”冷冰没听说过。

阿温说：“传说中有这种树，谁也没见过。据说它全身的纹理都是黑色的，花朵开放后光华四射。要是戴上它的花或枝叶就不会迷失方向。”

“还有这样的树？”冷冰叫道。

绒箬帚接道："是啊，所以你一定得再来。这里还有很多新奇的事呢！"

大松蹿到冷冰肩头，用爪子戳戳她的脑门，"你可要记得来找我们！"又没头没脑地补一句，"哎，要是有了迷穀就好了！"

冷冰和大松碰一下头，"知道啦！"又问靳歆和冷风："你俩一直就在这里？"

冷风说："不在这里，那在哪里？"

靳歆笑了，"就是呀，我俩一直就在这里，我们也喜欢这里。"

冷冰听了很高兴，说："我也喜欢这里。"然后和靳歆拥抱。

阿温催促道："冷冰得回去了。"

冷冰就和大家招手，说："我会再来的，你们等着我！"然后看向阿温。

阿温也望着冷冰，说："我送你走。"她让冷冰站到那块怪石上面。

石头上端窄得一只脚都放不下。冷冰相信阿温，她没有犹豫，站了上去。果然，她站上去后脚下很稳，没有一丝摇晃。阿温又让她闭上眼。很快，脚下的石头开始左右摆动，幅度渐渐加大，速度也变快了。但是，冷冰怎么都不会从上面滑落。她感觉自己正在摇篮里。过了一会儿，脚下的石头往上悬空浮起。冷冰听到阿温在说："停下来后，你睁开眼睛就到家了。"可是，冷冰觉得石头摆动了好久都没有停下。

阿温做着手势，她明显感觉到自己的能量不够足。时间过去了不少，冷冰还没有回家。她看着冷冰不停摆动的身影，暗暗担心。

绒笤帚耳朵里传来榕树的声音："阿温的能量快耗尽了。"

绒笤帚一听，忙问："那怎么办？冷冰还能回去吗？阿温会怎么样？"

榕树说："我原本想，阿温或许还有能量将冷冰送回去。等送完之后，再来替阿温想办法。"然后就不往下说了。

"总不能让冷冰一直这么晃下去，看着阿温能量耗尽？"绒笤帚急得要命。

榕树沉默了一会儿，说："试试看吧。让阿温也站上去，贴近冷冰，也许就能送冷冰回家。"

绒笤帚顾不上回榕树的话，就要去跟阿温讲。

榕树却说："那样的话，阿温很可能得和冷冰一起离开。"

绒笤帚一愣，像被点了穴。回过神来，它问："阿温自己会知道吗？"

“可能不会。”不等绒笤帚再说，榕树又道：“阿温或许能新生。”

“是真的？”绒笤帚问，心情很复杂。

“我也说不准。”

不管绒笤帚再问什么，榕树都不再吭声。

大松也着急了，它要绒笤帚想想办法。绒笤帚就把刚才隐秘高人的话偷偷告诉了它。“那还等啥？”大松说。

“阿温一走，或许回不来了。”

“哦，”大松难过起来，然后又说，“总比变没了好。”停顿一会儿，它接着说，“阿温换了地方，也许就不再变了。等她有了新的能量，说不定很快就回来了。”

“你说得对！”绒笤帚不再犹豫，它和大松耳语一番。

绒笤帚来到阿温身边，将榕树的话告诉了她，它说：“隐秘高人让你也站到石头上，说这样或许能够顺利送冷冰回家。”

阿温听了这话，明白榕树一直在关心她，也在尽力想着办法。但她还是担心地说：“万一，我把自己也一块儿送走了，又赶不回来，这里有什么事，你们怎么办？”

“能有什么事？”大松蹿到绒笤帚身上抢过话，“以你阿温的能耐，很快就会回来。有什么好担心的。”

“是呀！再说，还有隐秘高人呢！”绒笤帚也劝说阿温。

阿温叹了口气。

“虽然我不知道他是谁，但我觉得他说的有道理，应该试一试。”绒笤帚补充道。

“我再想想。”阿温的脑子里全是榕树和绒笤帚它们的话。她看看冷冰，又看看绒笤帚它们，陷入两难中。

“别再想啦，要不哪头都顾不上！”大松说着，就借着石头“噌、噌”儿下，跳到冷冰头上，没站稳，险些滑落，幸好揪住一撮头发。

冷冰被晃得晕晕乎乎的，她感觉到大松蹿到了她身上，就问：“大松，干嘛薅我头发？”

大松顾不得理冷冰，它冲阿温喊：“我跟你们一起走！”

阿温喊：“大松，快下来！”

大松就叫：“啊呀，我头晕死了！下不去啦！”

阿温看到大松紧紧抓着冷冰的头发，身子甩来甩去。冷冰也已经站立不稳，快要倒下。她不再犹豫，快速伸展手臂，像拉着一根绳子，嗖地上了石头，抱住冷冰。

抱住冷冰后，阿温不再像刚才那么力不从心了，她和冷冰稳稳地立在石头上，像一个人，看着很结实。阿温单手握住大松，亲了一下，就喊绒箸帚接住。随后，石头加速摆动，阿温和冷冰的身影越来越模糊，最后消失在大家的视线里。

只有杨柳在风中不停地摇摆，嗦嗦作响。

09

冷冰感觉双脚放松地站到了地面上。她睁开眼，发觉已经立在了自己的屋子里。四周黑漆漆的，月光透过帘子的缝隙钻了进来，随意涂抹了几笔。厅里很安静。冷冰借着微光，看了一眼闹钟，午夜十一点。从离开到回来，正好一个小时。

冷冰不敢相信真的去了阿温那里。阿温的世界多有意思！她想，我在那里待了十个小时？好像远远不止！想到去一线丘的神奇经历，心里更是激动不已。她觉得阿温、绒笤帚、大松，还有靳歆和冷风这些小伙伴都还在身边，还能闻得到那里草木的芳香。

冷冰很兴奋，还不想睡。她努力回想阿温送自己回家的情景。阿温为送自己，最后也站到了石头上，她能确定这一点，甚至到现在都还感觉得到阿温的体温。可是，阿温呢？她没有一起来？还是来了之后，又马上回去了？冷冰环视屋里，不见阿温。她现在正和绒笤帚它们在一起吧？冷冰想。再看一眼床头柜上的台灯，漆黑的夜里，它只有重重的轮廓。明天阿温就会出现的，她又想。虽然去了阿温那里，还和阿温及其他的小伙伴们进了一线丘，这让冷冰很快乐，但是，她最大的心愿并没有达成，心里是有遗憾的。她还是想，如果阿温真的离开了那里，或者来了不再回去，也许就不再变了。冷冰和绒筲帚它们一样，都不想失去阿温这个朋友。阿温往后会怎样呢？冷冰十分担忧。

还在阿温那里时，冷冰不止一次地偷偷对阿温说：“去我家吧！如果不再变了，还可以再回来啊！就像我这样，能来也能走。”

可是阿温怎么也不肯。她说她不能离开那里，因为有绒筲帚它们。

有些事是不由人的。冷冰心里既感到温暖，又忍不住忧伤起来。

初春的夜依旧寒凉。冷冰钻进暖暖的被窝，脑海里不断浮现出在阿温那里的一切，像过电影似的，最后定格成一幅浓烈的画。画被雨水打湿，又被晕染开去，渐渐消融于烟波浩渺中……

冷冰沉沉地睡去。

早晨，一阵敲门声。“快起来！要迟到了！今天怎么睡得这么沉？”靳歆在门外叫。

冷冰被这么一叫，有点醒了，又还在迷迷糊糊中，她冲门口叫道：“靳歆，别嚷啦！让我再睡会儿。”又蒙上被子。

“什么？”靳歆大为吃惊，她回头叫冷风：“你过来听听，冷冰叫我什么！”

冷风没去接靳歆的话，他过来敲冷冰的门，“冷冰，起床吧！上学别迟到了。”

冷风的声音有着浑厚的穿透力，冷冰终于醒了。她撩开被子，环视一下，仿佛离开了很久。她想起昨晚去了阿温那里。怎么回来好像全都变了，像新的一样？这太奇妙了！穿好衣服，才发觉昨晚没开闹铃，可是，非得每天都要按时起床？她偷笑一下，拍拍小闹钟的脑袋。

早餐是一片“白雪公主”摞煎鸡蛋和番茄，外加半杯牛奶。冷冰一边吃，一边说：“你们知道面包树吗？”

“面包树？”冷风和靳歆对看一眼，反问冷冰：“有面包树吗？”马上又说：“我查一下。”

冷冰得意地说：“不知道了吧？面包树可不是白叫的。它的根茎里有一种汁液，收集起来后，再把它埋到地下。过几天取出来，掀开盖子，哇！变成大面团了！然后烘烤，就成面包啦！”冷冰拿起“白雪公主”，咬一大口，说：“那可比它好吃多了。”

靳歆笑她：“说的跟真的似的。”

“当然真的啦！我吃过。”

“哟，还吃过呢！”靳歆冲冷风说，又忍不住笑起来。

冷风说："哎呀，我也想尝尝面包树做出来的面包啊！"

冷冰想到小伙伴冷风和靳歆，他俩在大康家可没少吃。她又望望眼前的冷风和靳歆，难道他俩都忘啦？冷冰总觉得，小伙伴冷风和靳歆不可能和自己的爸妈一点关系都没有。她真想问问爸妈小时候的事，但是她得赶紧上学去。

小区还是老样子。上班的人和各路学生匆匆往外走，偶尔的，认识的人碰到一起会打个招呼。时间再稍晚一些，自行车、摩托还有小汽车就会多起来，为了赶路，开的线路是扭来扭去的，如果再有喇叭声，就显得混乱和嘈杂。冷冰走得很快，在上街沿穿来穿去，像一条水性不错的鱼。路过通往小杂货店的岔道，冷冰望了望林子那边，紫玉兰又开了一些。她一路笑着快速向学校"游"去。还没出小区就闻到了云南老种子蜜薯的香味。阿四正忙着在小区口卖他的烘山芋，没看见冷冰过去。

幸好没迟到。刚坐到位子上，书包还没来得及放下，预备铃就响了。冷冰舒了一口气。向老师匆匆忙忙跑进教室，脸上还留着气呼呼的表情。冷冰想起阿温演示给自己看的那一幕，心想，难道向老师在路上又碰到了什么事？没办法，每天总会有一些事情发生，高兴的和不高兴的。向老师也不例外。碰到了不开心的事，谁说向老师就不能生气？

很快，向老师就安排起今天的早自习，还到座位上小声解答个别同学的问题。看到向老师的表情，冷冰想：向老师大概已经忘记了刚才的不快吧？或者，向老师觉得没必要再去想不开心的事？总之，向老师把注意力都放在了课堂上。

冷冰赶紧看今天的预习内容。

到了排队做操的时间，秦雪吐槽说："每天都是老一套，真没劲！"

看着她那副懒洋洋的样子，冷冰不禁觉得好笑，对秦雪说："你做操的时候，想象有一只小松鼠在你的手臂上、肩上和头上蹿来蹿去，你就有劲啦！"

秦雪一听，来了精神，她说："哎，这个好玩，你怎么想到的？"

"做梦梦到的呗！"冷冰一副开玩笑的语气。

"哦？我怎么就没梦到过？你还梦到了什么？"

"多着呢！好啦，要做操了。"冷冰打断秦雪，她要以后慢慢地跟秦雪讲。只要有人听，她就很愿意讲，那些故事发生在不久，却又像在她心里已经很久、很久了。最要紧的是，她自己也在故事里，所以它是那么真切和温暖。

下午放学，孙晓丞过来，说要跟冷冰一起走。冷冰很高兴。他俩还没到小区口，就听到阿四喊："冷冰，来吃山芋！"孙晓丞犹豫了一下，阿四又喊："还有孙晓丞，你俩快过来！"

冷冰就和孙晓丞走过去。

阿四正捧着一碗方便面，面碗上印着"大食桶经典酸酸辣辣猪骨面"的字样，还冒着热气。"吃吧，刚出炉，热乎着呢！"阿四用手里的方便筷点点山芋。然后又"呼噜呼噜"吃起来，脑门上还冒着汗。他一边吃，一边直呼过瘾。见冷冰和孙晓丞并不动手拿，就放下方便面桶，抓了两只山芋就往他俩手里塞。

冷冰和孙晓丞互看一眼，说："四叔吃得这么香，我们也想回去吃方便面了。"

阿四看看手里的山芋，埋怨道："也没见你们吃多少，怎么就想吃方便面了？来这儿买的都说我的山芋好吃，从来没听说有吃腻的。"

孙晓丞打圆场说："没说吃腻呀，我们就是喜欢经常换换口味。"

"哦，是吗？"阿四放下山芋。

冷冰问："小宁近来好吗？"

提起小宁，阿四露出轻松的表情，说："托你们的福，小宁今年九月就要上学啦！"

"真的？太好了！"冷冰好开心。她从书包里拿出一张画，是之前在课堂上画的那张"未完成"作业。今天正好有绘画课，冷冰中午拿了水彩，找了僻静处，擦去画上的叶子，在整棵树的枝条上画满了盛放的紫玉兰。她将画递给阿四，"这个送给小宁。"

"哦？"阿四有点激动，接过画，说，"画得真好！紫玉兰开放的时候就是这样，全是花朵，没有叶子。"

冷冰问："四叔也知道紫玉兰？"

"怎么，小瞧我呀！"他用方便筷敲敲炉桶，"五年前，小区里的那棵紫玉兰就是我和老窦种的。"

"啊？"冷冰和孙晓丞都没想到。

阿四突然两眼放光，说："再过些日子，就会开成这样。"他抖了抖手里的画。

"已经开了一点。"冷冰说。

"嗯。"阿四笑着朝冷冰点点头。

"怎么不多种几棵？"孙晓丞问。

阿四收起笑脸，假装生气道："一棵还不够啊？我哪来那么多钱！就那一棵的钱还是老窦出的呢！”

冷冰和孙晓丞就笑。

阿四叹了一口气，说：“按理说，这小区的树由物业统一来种，犯不着自己掏腰包。可老窦说，自己种，心诚。到了紫玉兰开花的时候，小宁也就长大了。”阿四说的时候眼睛泛红。“种树的事，都是老窦去和物业商量的。但树是我和老窦一起种下的。”

“老窦真好。”冷冰说。

“可不是。”阿四的声音有点抖。

看着阿四，冷冰想到了阿三，说：“小宁一定会长成壮实的大小伙子。”又觉得这么说还不够，于是加一句：“肯定比小格子块头大。”冷冰心里出现的是大康的身影，冥冥之中，她觉得大康就是长大后的小宁。

“啊，要是这样，那就太好了！”马上又问：“小格子是谁？”

“我爸朋友的儿子，今年结婚啦！”冷冰说。

“哦，小格子都结婚了？”阿四露出愉快的神情。

冷冰看着阿四想，阿四会老成阿三那样吗？冷冰真不愿意看到阿四秃了头、掉了牙、变成瘦骨嶙峋的样子，但又希望小宁长成大康那样。要是看到小宁长得像大康那么健壮，就算阿四知道会提前老成阿三那个样子，估计也是肯的。

冷冰的脑子里不光只有眼前的阿四，连之前那个吵闹的阿四，甚至是年老的阿三也都挤了进来，他们推推搡搡，争吵不休，都说自己才是真正的阿四。冷冰说不准了。那就不说了呗！冷冰想，就当他们都是阿四好了。冷冰望着眼前的阿四，开心地笑了。

冷冰把这个方法用到了妈妈靳歆和爸爸冷风身上。她想象小伙伴靳歆和妈妈靳歆是一体的，就住在妈妈靳歆的身体里，冷风也是。她对着爸妈的时候，会常常觉得也是对着小伙伴靳歆和冷风。就算小伙伴靳歆和冷风跟她冷冰的爸妈互不相识，但是他们都认得她冷冰呀！冷冰觉得她并没有和她的小伙伴分开。有时候和爸妈说话的时候，因为想到小伙伴，她说话的语气和做起事来都和平时不一样了。这点她自己都没有想到。

吃饭的时候，冷风让冷冰递一下汤勺，放在以前，冷冰“嗯”一声，或者连“嗯”都省掉了，直接拿了汤勺递过去就完事。现在呢，冷冰会说：“好的，我来帮爸爸盛吧！”再拿过冷风的碗，替他舀上两勺，然后递给他。冷风很高兴，就对靳歆说：“咱们冷冰长大了。”

靳歆点头，笑着说：“谁说不是呢！”边说，边给冷冰夹一只她爱吃的番茄大虾。

冷冰对着冷风笑，心想，小伙伴冷风也听着呢，他也很高兴吧！吃大虾的时候，觉得这只虾说不定也是小伙伴靳歆和妈妈一同夹给自己的，感觉味道比平时好很多。

“爸爸和妈妈打小就认识？在我这么大的时候？”冷冰冷不丁地问。

冷风和靳歆愣住了。冷风伸出去的筷子停在了半空，像冻住似的。

然后，冷风和靳歆都笑了，笑得有点别扭。这有什么，真是的！冷冰想。她听到小伙伴冷风和靳歆正在哈哈大笑，他们说：“我们本来就在一起。”“我们什么时候成你爸妈了？”

冷冰甩甩脑袋，想保持清醒。她听到靳歆说：“我可记不住了，得问你爸。”

冷风说：“你妈记性好都忘了，我更记不住了。”

“嗵！”饭桌下，冷冰估计妈妈踹了爸爸一脚。但是冷风忍住了，只是尴尬地冲冷冰笑笑。而冷冰仿佛听到小伙伴冷风在嚷嚷：“你干吗？疼死啦！我非得踹回你不可。”然后，小伙伴靳歆就哇哇乱叫，四处逃跑。冷冰忍不住笑了。

靳歆说："这孩子，傻笑什么！"

冷冰看一眼爸妈，心想，做大人了，就不能拔腿就跑，打打闹闹了吧？她觉得挺无趣的，就在心里喊："冷风，靳歆，你们等等我！"

●

夜晚，冷冰时常觉得孤独。自从回家后，阿温就再也没有出现过。她到底怎么了？冷冰不敢往下想。每天熄灯后，她都会呆呆地坐在床上，望着床头柜上的台灯。黑夜里，一切都只剩下粗重的轮廓。冷冰觉得自己也是粗粗重重的，只是傻傻地杵着，什么也做不了。赶紧亮吧！哪怕亮一下也行，就当报个平安，冷冰对着台灯想，心里很焦急。她还惦记着绒笤帚和大松，但是阿温不出现，她也就无法知道它们现在怎样了。

难道一切都是幻觉？冷冰不甘心。她坚信阿温的世界是存在的，她不是好多次都感觉到了阿温的体温吗？想到这里，冷冰全身会有一股热乎乎的感觉。以后就不怕冷了，冷冰想，冷的时候，想想阿温就暖和了。谁说阿温不在，她一直都在呀！这么想，冷冰的心情平静了一些。她躺进被窝里，渐渐有了睡意。

这天早晨，闹铃还没响，冷冰就醒了。

“哎……”一声小小的婴儿的声音从深邃、旷远处传来。然后，一声接着一声，一声高过一声。起先冷冰还以为是在梦里，而后，这声音像小闹钟似的将她叫醒了。

睁开眼，一如往常。小闹钟一声不吭，乖乖地站着。婴儿的声音也没了。

是阿温！冷冰从床上坐起来，盯着台灯看。台灯没有亮。冷冰很激动，不管怎样，阿温还在。她深深地舒了一口气，身体里有一股热流往上涌。

“阿温，阿温！是你吗？我是冷冰，你回我一声呀！”冷冰不停地对着台灯喊。

隔了一会儿，冷冰却觉得时间好长，长得好像都过去了一个小时，她听到了阿温的说话声，“哎，求你别叫啦！好吵。再让我睡一会儿！”阿温就像是在冷冰耳朵边上说话。

阿温总算说话了，冷冰好兴奋。她再看台灯，还是没有亮。阿温变胖了？还是更瘦了？冷冰急着想看一眼。“你在哪儿？快出来呀！”冷冰问阿温，还扫视了一遍屋子。

阿温没再搭腔。然后，冷冰听到一阵呼噜声，在她耳边时高时低的。这下好了，闹钟也不用了，冷冰想，阿温能量消耗太大，瞧她困成这样！行了，让她睡吧！睡醒了，阿温自会出现。冷冰关掉闹铃，起床。奇怪的是，阿温的呼噜一声接一声地在耳边响着，冷冰走到哪儿，呼噜声就跟到哪儿，刷牙的时候就跟二重奏似的。冷冰慌忙撂下漱口杯，跑回屋里，别上门。她听到冷风在问："是不是又想起什么东西没带？"

冷冰也不回话，只是一味摁着耳朵，压低声喊："阿温，阿温，你醒醒！"没回音。冷冰又说："这是怎么回事？你睡觉，为什么在我耳边打呼噜？"过了一会儿，呼噜声里夹杂进叽里咕噜的说话声，听不出说的是什么。"阿温，阿温！"冷冰加大了音量。

冷风在厅里问："冷冰，你在干吗？"

"哦，马上好啦！"冷冰回道。

"吵死啦！"是阿温的声音。而后，"哎！"像是伸了个懒腰。

"阿温，你到底是怎么回事？你在哪里？"冷冰急着问。

"哎？我怎么在你身体里？"阿温突然醒了。

"啊？"冷冰大惊。

"回来好多天了吧？"阿温似乎很快就想起了之前的事。又自言自语的："看我这一觉睡的。"不等冷冰再问，说："你走的那天，我的能量不够了，真怕你回不了家。我只好豁出去，也站到了大石头上。"然后又说："这下好了，你回了家，我居然也跑了出来，还跑到了你的身体里，大家也不用担心我再变了。"停了一下，忽然又问："我这算是变了，还是没变？是没变没，还是变没了？"

冷冰被问住了，但很快说："没变，你又打呼噜，又跟我说话的。你的样子肯定也还那样。"

"嗯。"阿温认可冷冰的话。

"咱俩在一起真好！"冷冰感觉浑身都是力量。

"是呀！不过真没想到。"阿温说。

"咱俩会一直这样？你还会回去吗？"冷冰问。

"哦，这个我也不知道。"沉默后，阿温说："我喜欢和你在一起。不过，"又接着说，"也想回去看看绒笤帚它们，但眼下还做不到。"

"我也想见到绒笤帚它们。"冷冰说，"虽说咱俩在一起，能听得到你的声音，可我还是想见到你。"冷冰想叹口气，但打住了，她怕阿温听到。

"我现在能量不够。"阿温说，然后语气轻松起来，"你又不是没见过我，对吧？”

“嗯。绒笤帚它们不知道怎么样了？”冷冰说。

“应该还好。”

“还是想看到它们。”

阿温说：“总会有办法的。”又催促道：“赶紧吃早饭吧，你还要上学呢！”

去过阿温那里后，冷冰觉得很多不太可能改变的事，其实都有改变的可能。她出了房间，坐到桌前吃早饭。

靳歆说：“昨天晚了，没来得及说。”

冷冰和冷风就看着她。

“董咚昨天午睡时尿床，哭得什么似的。老师们都来哄，就是哄不好。最后只好把成园长叫来。”

冷风说：“尿床不是什么了不得的事嘛！”

“我也这么想。不说三天两头吧，隔些天就会有人尿床，换干净了就行，也没见像她这么哭的。”

冷冰说：“董咚哭，是觉得尿床很丢脸吧？”

“哎，你怎么猜到的？”靳歆瞪大眼看着冷冰。

“这还要猜嘛！”冷冰心里有点遗憾，妈妈靳歆这么不懂小女孩的心事，难道小伙伴靳歆又离开妈妈身体了？

冷风说：“小孩子心意相通。”

靳歆点点头，接着说：“我真佩服成园长，她只跟董咚小声说了一句话，董咚马上就不哭了，转身跟小伙伴玩去了。”

“说的是什么？”冷冰和冷风都很好奇，齐声问。

“成园长说，自己像她这么大的时候也尿过床。”

“哇！”冷冰叫道。

冷风连连点头说：“你们园长真厉害！”

靳歆感叹道：“是呀，我发现我做得还很不够啊！”又看着冷冰说：“今天胃口不错嘛，吃了两片蓝莓面包。”

冷冰一听，心想：对呀，怎么吃多了？可是肚子不觉得饱。她还是放下没喝完的酸奶说：“饱啦！”

冷风说：“嗯，别撑着了，给我吧！”就把剩下的酸奶拿过去喝了。

冷冰正要从椅子上站起来，就听到阿温喊：“我还想喝呢！怎么拿走了？再来一片面包，要夹培根。我饿死啦！”

冷冰下意识说道：“哪有那么饿？我吃得够多啦！”

靳歆吓了一跳，“你这是跟谁说话呢？”

冷风更是奇怪，“没人叫你再吃啊！”还看一下厅里，“我还怕你吃多了。”

冷冰清醒了，和阿温合体，变成两个人的饭量了。她看看冷风和靳歆，想：阿温声音再响，也只有我自己听得到。她放下心来，又从桌上拿了一根香蕉，然后说：“我午休的时候吃。”就穿上夹的冲锋衣出门了。

靳歆忙说：“还是穿羽绒的吧，早上冷。”

冷冰在门外说：“不用。”

“这孩子，没以前听话了。”靳歆有点无奈。

冷风说：“随她吧，孩子大了。”又说：“你没看见，她吃得比以前多多了。让她锻炼锻炼吧，体质会变好的。你就别太操心啦！”

靳歆点点头说：“嗯，好吧。”

一路上，冷冰觉得身体热乎乎的，一点儿都不冷。她轻快地跳着脚步往前去。想到靳歆说过吃完饭不能跳、不能跑，才又走回平常的步子。她问阿温：“你每天要吃很多？”冷冰真怕往后变成大胖子。

阿温说：“吃得肯定比你多，要不我哪来的劲儿？”

冷冰感觉到阿温在甩胳膊，她也想伸伸手臂。

“也不是要吃好多好多。最近不是好多天没吃了嘛？饿的。”说完，就嘿嘿笑。

冷冰说：“是呀，你送我回来就一直睡。”她赶紧掏出香蕉来吃。

“嗯，真好吃！”阿温说。

冷冰吃得也越发香了，好像第一次发现香蕉原来这么好吃。

冷冰觉得，阿温来了，一切好像还是原来的样子，又好像不是了。天好蓝，和阿温那里的天空一样，是水洗过的；小草鲜嫩活泼，总是一副挺拔的姿态，从一线丘的沙漠走过，冷冰对小草也有了敬意；走在上街沿的压边上，就仿佛是走在了隐杠上，别人看不见。

学校里，秦雪像发现新大陆似的，对冷冰说：“我发现你最近吃得特别多。”

冷冰警觉地质问道：“你跟踪我？”她想起最近老在小区的路

上吃东西。哎，都是阿温惹的祸。

秦雪说：“什么？我跟踪你？看你说的。”又瞟一眼冷冰，“你每天急吼吼地冲进来，嘴上不是沾着香蕉筋、面包渣，就是巧克力酱。”说着，对着冷冰笑起来。

冷冰很不好意思，问：“我没变胖吧？”

“哪有那么快！”秦雪扫一眼冷冰的身体，“你怎么吃也不像是吃得胖的那种。”

冷冰一听很高兴，说：“我本来就不是易胖体质。”

“易胖体质？”秦雪大笑，惹得其他人往这边看。

冷冰好尴尬，她还听到一阵咳嗽声，那是阿温。

不止是秦雪，孙晓丞也发现冷冰有变化。放学的路上，他对冷冰说：“你最近课上举手挺积极嘛！”

“这有什么，想到了就说呗！”冷冰一副无所谓的样子。

孙晓丞扭头打量冷冰，搞得冷冰也不自在起来。“怎么啦？”她问。

“你以前不是这样的，很少见你举手，除非老师叫到你。”不等冷冰回话，他又说：“那道鸡兔同笼的题，我也想到了，但怕想得不对，没敢举手。”然后露出遗憾的表情，“其实我想的是对的。”

“那你以后想好了千万别犹豫，赶紧举手，要不然又会被我抢先的。”冷冰得意地说。

“抢了先，也不见得答的都是对的。”孙晓丞故意跟冷冰争论。

“我没事啊！错了就错了，知道错在哪儿，不就行了？”冷冰笑嘻嘻地说。

“哎，真不晓得你哪根筋出了问题？变化真大！”孙晓丞学着大人的样子，两手插到腰上，摇晃脑袋。

“嗨！冷冰，别磨叽啦！赶紧的，去阿四那儿买只烘山芋。味道真香！”

“怎么又饿了？”冷冰问。

“我没说饿呀！”孙晓丞觉得冷冰莫名其妙。

冷冰反应过来，说：“哦，我不是说你，我在跟我的肚子说呢！”

“肚子？”孙晓丞看看冷冰的肚子，再看看她的脸，就这么上下来回地看。

冷冰好窘，关于她和阿温，可不是一时半会儿能说得清的。况且，说清楚了，孙晓丞也未必信呀！

阿温自顾自地说：“阿四看着还真像阿三叔，不过阿四比阿三叔可要年轻精神得多。”

冷冰无奈，往阿四那里去。

孙晓丞觉得好笑，他边走边说：“好吧，我也来一个！”

“看看，是该饿了吧？”阿温说。

冷冰不说话。

阿四看见他们过来，就说：“放学啦？”然后抓了两个大蜜薯给他俩。见冷冰和孙晓丞抢着掏钱，他说：“不要钱。”看他俩执意不肯，便只好收了钱，说：“好吧，快趁热吃！”

“小宁可喜欢你的画了，他说他也想学画画。”阿四说。

“真的？去党老师那里学吧！就在小区里。跟党老师学可有意思啦！”冷冰想了想，又说：“下次上课时，我跟党老师说一声。”

“好嘞！”阿四很高兴。

●

冷冰见到党老师，说了小宁的事，还说小宁也想学画画。党老师一口答应，让小宁下个周末就来上课。冷冰觉得党老师很懂得小孩子的心情，知道他们都是很心急的，想做什么，恨不得马上就去做。

冷冰想起在沙漠雨林遇见的党老师，直到现在还是觉得不可思议。她什么也不说，只把自己的画拿出来给党老师看。

党老师看画的时候，显得很高兴，说："不错，沙漠雨林，画得很有趣嘛！"

"党老师知道沙漠雨林？"冷冰问。又想，党老师是真的去过呢！

党老师笑了，"是你的画告诉我的。"

冷冰想：哦，难道在沙漠雨林见到的党老师只是幻影？或者是党老师忘记了？好在幸亏是党老师，换作别的老师，很可能会说："错了，应该是热带雨林。沙漠雨林，怎么可能有？你见过？"要是说："想象总可以吧？"别的老师或许会说："想象是可以，但不能乱想象。"或者说："得符合一定的规律。"冷冰觉得规律理解起来很难，先不理解了。但她会想，想象的事物就一定不存在吗？它们在脑子里浮现算不算呢？还有阿温……

冷冰越想越不明白。她拼命地画阿温的像，把她见过的阿温差不多都画了下来。她还是什么也不说，把"阿温"拿给党老师看。她给党老师的时候，把之前画的那张饭团阿温放在了最上面。

党老师一看就笑了，“这不是上次画的饭团吗？哦，你吃的是另外一只。”他又往下看，“这些又是谁？”

“也是饭团。”见党老师看着她，又说，“是饭团变的。她叫阿温，我的好朋友。”冷冰第一次跟人提到阿温，心情十分愉快。她知道只有党老师不会觉得她脑子有问题。

党老师听了不住地点头，说：“是吗？阿温，这个名字好！”

“是她自己取的。”冷冰说。

“哦？你这个朋友很有意思，自己取名字，还会变来变去的。”然后又问冷冰，“那阿温现在变成什么样子了？”

“像我这样子。”说着，拍拍自己的身体，问道，“阿温，你说是不是？”

阿温说：“是的。”

冷冰就对党老师说：“阿温说是的。”

党老师弯下身，双手扶住冷冰的肩膀说：“党老师相信，你替小宁来问学画画这件事的时候，你已经和阿温在一起了。”

听了党老师的话，冷冰很开心。至于在沙漠雨林看到的党老师是不是幻影，或者党老师完全忘了阿温以及去过沙漠雨林这件事，冷冰觉得一点都不重要了。

●

一些日子后，冷冰放学回来，一进门就吃了一惊，抱回家的台灯又杵在了客厅的茶几上，冷风和靳歆正凑在灯前看。冷冰不知道发生了什么？想冲过去抱回台灯。

靳歆一见冷冰进来，就喊："快点，冷冰，你说得没错，它真是一盏神灯。"不等冷冰开口，靳歆又说："我上午进你房间打扫屋子，没想到它居然亮了。"

"亮了？亮了多久？"冷冰一听激动地问。

靳歆说："就一下。"又去看台灯，然后自言自语道："真奇怪，连个开关也没有，自己就亮了。有意思！看来亮还是不亮，真得看它自己乐不乐意了。"

冷风一边研究台灯，一边笑着说："难道是一盏阿拉丁神灯？"

冷冰自顾自地叫道："太好啦！"抱起灯就钻进自己屋里，她想跟阿温聊聊这事。

"这么急着抱走干吗？"冷风和靳歆意犹未尽，又去敲冷冰的门，也不等冷冰回，就开了门进去，嘴里说："再让我们看看。"

她拼命地画阿温的像，把她见过的阿温差不多都画了下来。

冷冰只好说："那你们小心一点。"就先去整理她的画。

靳歆眼尖，问："这都是你画的？"随手将画拿起来，叫冷风一起看。

"不错，不错。"冷风边看边赞叹，还把画铺开在书桌上。

靳歆用指关节重重叩了几下，说："我最喜欢这张饭团。"

冷冰听到阿温大叫："疼死我了！"

冷冰笑起来，然后惊喜地大叫："你知道疼啊？"

"这孩子，画上的饭团怎么会疼？真会开玩笑。"靳歆摸了一下冷冰的头。

"嘿嘿嘿，咱冷冰有幽默细胞。"冷风说。

冷冰哭笑不得。她想，哎，他们是爸妈，又不是小伙伴冷风和靳歆，再说爸妈也不知道阿温呀！她冲着他们的身体在心里喊："冷风，靳歆，画上的阿温被敲了脑袋喊疼呢！"她相信两个小伙伴都听到了，他俩正跳着欢呼呢！冷冰心里好开心。

见冷冰开心的样子，冷风马上点着另一张说："我最喜欢这张。"

冷冰又听到阿温喊："哎哟，怎么冷风也敲得这么疼！"

冷冰又要笑，但她憋住不笑出来。

终于，靳歆和冷风欣赏完画，又对着台灯琢磨了片刻，最后遗憾地拍拍灯头，走出冷冰的屋子。

冷冰悄悄将门反锁，而后压低声音对阿温说：“阿温，我们再来试试。”边说边抚摸画上阿温的脸，“感觉怎样？”

“嗯，你比靳歆、冷风温柔多了。”阿温说，“真没想到，靳歆、冷风完全认不出我了。”

“嗯，好奇怪啊，换了地方就不认识了。”

阿温说：“没事，你不一直认得我嘛！你把我画得跟真的似的。”

“我画的本来就是真的你呀！”冷冰说着，拿起一张画，“来！你使使劲，或许就能出来呢！”

阿温就“哎哟、哎哟”地用力。冷冰听得有些出神，这声音越来越耳熟，和曾经从远处传来的婴儿之声重叠在一起。

“哎，别走神啊！你倒是帮我一把！”阿温说。

冷冰的注意力又回到画上。只见阿温嘴巴用力鼓动，脑袋好像也在使劲，有些微微的晃动，但还是离不开画。冷冰不知道该怎么办？她用力拍打画的反面，恨不得将阿温从画上拍出来。

最后，阿温说：“算了，能在画上动一动，松快松快，已经

冷冰说着，拿起一张画，

“来！你使使劲，或许就能出来呢！”

不错了。”

冷冰有些遗憾，但还是说：“是啊，至少能对着你说说话。”

阿温打趣道：“哎，我的样子不是胖，就是瘦的，好看的没两张。”

“我还是爱看你一边吃东西，一边在灯罩上跑步。”

“谁叫那个时候是易胖体质。”

“也不是都要瘦才好，你阿温就是胖胖的才更像你嘛！瘦了反而……”冷冰不说下去了，她想起了阿温的遭遇。

阿温突然说：“你说，台灯怎么亮了？除了我谁也不会啊！”

“对呀，被画的事搞来搞去的，我还没来得及问你呢！”又说：“你再好好想想，这究竟是怎么回事？台灯不会无缘无故就亮吧？”冷冰对着一张画上的阿温说。

“嗯，我也这么想。”画上的阿温微微点了点头。

“会不会是绒箬帚它们？”冷冰问。

“不知道啊！一般不会有相同的魔法。就算有，如果是你冷冰，变出来的也跟我不同呢！”

冷冰一听，忙说：“可不，是不一样！你看，台灯只亮了一下，没有说话声。而且，也没在灯罩上看到它们呀！”

“台灯不会无缘无故就亮吧？”
冷冰对着一张画上的阿温说。

“是啊!”阿温像是想到什么，声音又大又急促，“会不会是榕树叔?”

“榕树叔?”

“对！我记得榕树叔说，它帮助过绒笤帚它们，只是绒笤帚不知道他是谁。”阿温见冷冰不解，又说，“榕树是棵千年古树，能量非常大。我碰到难关，也会找它帮忙。”

“哦，你这么一说，完全有可能。那我们再等等。如果真是绒笤帚它们，台灯一定还会亮的。”

“对。也许到了晚上它就又会亮。”阿温说。

冷冰点头，她和阿温的心里都充满了期待。

晚上，台灯一直没有亮。冷冰不说话。

阿温说：“或许明天会亮。”

冷冰又沉默好久，说：“原来以为你很快会出来，能量加大后，就能用魔法回到绒笤帚它们身边。”

阿温说：“怎么，不想跟我在一起了?”语气显得很轻松。

“当然想跟你在一起！可是，你不是说过，你不在，万一那里有变化，绒笤帚它们应付不来。”

阿温很轻地叹了一口气，还是被冷冰听见了。“有些事，急也没用。”她说。

“我真想再见到绒笤帚它们。”冷冰说。

阿温就说：“我哪天真的回去了，你一定要再去我那里。”

“好！”冷冰想到或许哪一天又能再去阿温那里，心情变得愉快起来，哪怕阿温离开她，也不会太难过。

●

马上就要春游，冷冰自己整理东西。靳歆还是不放心，不断嘱咐冷冰这个那个的，冷冰就说：“知道啦，又不是小小孩儿。”

冷风说：“冷冰长大了，能照顾好自己。你没看冷冰最近个头大了不少？”

冷冰一听，忙去照镜子，一看，好像是比原先胖了一些，她悄声说：“都怪你，阿温！这么吃下去，我也要变成易胖体质了。”

阿温有点闷闷的，“真是的，我想多吃点，好早点恢复我的魔法神力。”

冷冰忙说：“我跟你开玩笑呢！”

靳歆很高兴，说：“你叽叽咕咕干什么？你爸说得没错嘛，看着是结实了些。”

冷冰板起脸，对着靳歆和冷风说：“你俩要是再出现在郊游地，我还是会发现的。到时候，我就直接去阿温那里。”

阿温说：“别瞎说，我自己都回不去呢！”

冷风赶紧说：“不会了，爸爸向你保证。”又问：“阿温？是同学？没听你说过。”

“就是，怎么又冒出个阿温？”靳歆也奇怪。

冷冰冲他俩眨了眨眼，说：“你们以前见过，可惜现在忘了。”

冷风和靳歆对看，“哦？”都觉得好笑。

冷风笑着说：“嗯，我得好好想想。”

靳歆也自言自语的：“以前见过？我怎么想不起来？”

冷风又问冷冰：“可否透露一点她的样子？”

靳歆就说：“对呀，你透露一点。”

冷冰说：“这说不清楚，阿温是变来变去的。”

“变来变去的？挺好玩的嘛！”冷风说，他和靳歆都瞪大眼，很感兴趣的样子。

冷冰听到阿温叹了一口气。

冷冰望着冷风和靳歆，一时竟把他俩当成自己的小伙伴了。

●

月光温柔、透明，不知不觉就披在了床头柜的台灯上。

冷冰说："真想知道大家怎么样了，绒笤帚它们也一定很想知道你现在怎样。"

沉默之后，阿温说："它俩野惯了，应该没事。再说有阿三叔和大康呢！"又补一句："哦，还有冷风和靳歆。"

"嗯，可不是嘛！"冷冰点头。

阿温接着说："我嘛，没回去，就是留在你这里了，它们知道。"

"哦。"冷冰马上又说，"我终于清楚了，原来一线丘是我们非去不可的地方，它指的路就是要我俩一起回来的路。"冷冰说。

"嗯，想来是这样。"

"一线丘太特别，太美了！我会一直记着。可是去一线丘的路好难走，从那里回来的路也很难找。"

阿温立刻说："可是冷冰，我们都坚持着过来了！我不是说了嘛，你冷冰走这一遭，变得好厉害啊！"

冷冰有些激动，点了点头，“嗯，你是说过。”又似问非问：“秋千、隐杠、一线丘，真的有过吗？”

“当然啦！”阿温说得很干脆。

“真过瘾！好想再去一次。”

“是呀，我也想！不过，以后还会有别的，也许更好。”阿温说。

“对。等你回去后，我们再去别的地方。”

“嗯。”

冷冰想了一下，说：“要是这里也有个像一线丘的地方，你就能快一点从这里回去了。”

“是呀。只是一线丘也不是万能的，我出了那里还是会变弱。不过和你一块儿回来后，就没再变。以后会怎样，我不知道。眼下我只想着先试试恢复些神力。”

“嗯，得先攒足能量，才能慢慢恢复吧？”

阿温说：“你一直就在给我能量嘛！”

“我？”冷冰很疑惑，“我哪有什么能量？”她想到爸妈总是对自己呵护备至，担心这，担心那的。“我要是能行，你早就可以回去了。”冷冰有点儿沮丧，“榕树叔、阿三叔，还有绒箬帚和大康他们都好强啊！”

“你也一样呀！都荡了那么高的秋千，又过了隐杠，去了一线丘。”也一样呀！

冷冰马上说：“那都幸好有你在。哪天，你要是回去了，我会不会……”不过冷冰心里承认，自己确实改变了一些。

阿温就说：“你别担心，你可以的！我很羡慕你呢！”停顿一下，“如果我是你，会很高兴的。”

冷冰没想到阿温这么说。自己有什么好让阿温羡慕的？阿温的本事我是一点儿也没有。不过想到在阿温那里的一切，她很快活，说：“多亏了你，我才能跟你、绒箬帚、大松，还有冷风和靳歆去一线丘。”

阿温却说：“我也多亏了你去了我那儿，我们才到了一线丘，还一起来你这儿。”停顿一下说：“要不然，大家会更揪心……”

冷冰心里不是滋味，她转移话题说：“我这里哪有你那边好？你瞧，每天就是上学放学的。我也没你那么有能耐。”

阿温说：“你是有能耐的，只不过你自己不知道而已。我不是说了嘛，你去了我那儿，我们才到了一线丘。”又说：“其实我很喜欢过你这样的生活。”

冷冰说：“我们现在是一体，过的是一样的生活嘛！”

阿温很开心地说：“这倒是的。”

冷冰接着说：“跟你在一起真好！我、我，我都不觉得冷了！”声音激动起来。

阿温就说：“我也没再热得头昏脑涨了。”

俩人都笑。

隔了一会儿，冷冰问：“不能像以前那样了，会不会很难受？”

阿温想了想，说：“还好，没觉得多么难受。我脑子不受限，想着到哪儿，就真跟到了哪儿似的，没什么捆住我。”见冷冰没吭声，又说，“总比能走却不让走好。”停顿一下，“我们现在成了一体，挺好。不过我们还是有很多不同，我们是冷冰和阿温的合体！”

冷冰连连点头，觉得阿温说的对。不过想到阿温老是饿，不停地想吃这吃那的，害得自己老得吃，就故意说：“我怎么也跟你似的，越来越爱吃东西了。”

阿温就不住地嘟哝，声音小得不让冷冰听清楚。

冷冰想起什么，说：“秦雪、孙晓丞都觉得我和以前不一样了，他俩都说现在的我很有意思！”冷冰的话越来越多，“真佩服你和你的魔法，给我再现了很多我看不到的场景。我真没想到向老师那么大胆，太帅了！还有阿四，我以前特别讨厌他，要不是你，到现在我都不会理他。其实阿四还是挺好的。”

“是呀！阿四也有他的难处。”

“可惜我没有你那样的魔法，不能了解更多的事，也没法过得像你那么有趣。”

“我觉得你已经了解了很多事，以后还会更多的。而且，你过得也很有趣呀！每个地方、每个人都是不一样的，我很喜欢你现在这样。你是知道的，我没上过学，也不知道爸妈在哪里……”见冷冰不响，就说：“我现在可以每天跟着你上学去，还能回家吃饭，这多好，多有趣！”

冷冰“嗯”了一声，听上去像是挤出来的。她喉咙哽咽。

阿温赶紧又说：“你说我有魔法，可是魔法也有不行的时候，我现在就没有魔法。”

“你有的，不然你怎么跟我说话。”

“嗯，就一点点。”

“一点点也很厉害！只要你在，我就高兴。绒笤帚它们也高兴。”

台灯亮了一下。

冷冰以为是幻觉，她听到阿温说："台灯好像亮了一下。"声音还很激动。

再盯着看，又没动静了。

过了好一会儿，台灯亮了一下，再一下。

"又亮了！阿温，你说是绒笤帚它们吗？"冷冰问。

不等阿温回话，台灯亮了一下，在说"是"。灯罩上除了暖光，什么也没有。

"一定是它们！在回我们的话呢！"阿温很兴奋，又叫道："它们听得见我们说话！"

"太好了！绒笤帚，大松！"冷冰激动地抱着台灯喊。

台灯又亮了一下。

"可惜我们听不见它们说话。"阿温说。

"那怎么办？"冷冰很急，又说，"还好，能联系上。"

阿温问："绒笤帚，我走了以后没什么事吧？"

台灯亮了一下。

"是——隐秘高人帮的忙？"

又亮一下。

我们在一起。

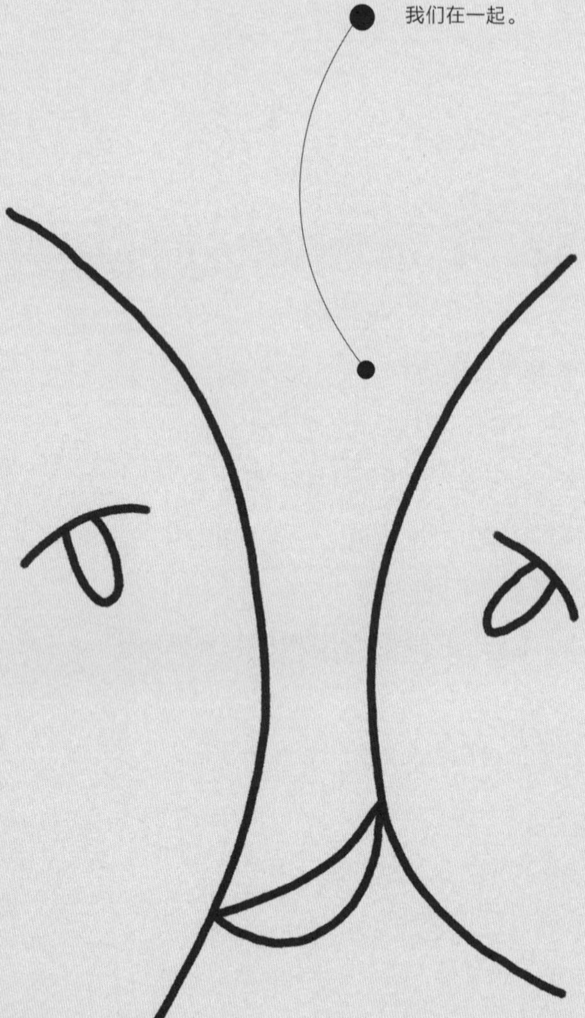

“我，现在还回不去……”

台灯没亮。

“阿温跟我在一起呢！我们想你们。”

台灯亮了三下。

冷冰说：“这是不是在说‘知道了’？”

阿温说：“或许也是说‘想你们’。”

台灯亮了一下。

阿温和冷冰同时代替灯说：“对。”

随后，台灯又亮了五下，灯光越来越微弱。

冷冰说：“这是在说‘阿温快回来’。”

阿温说：“也说的是‘我们在一起’。”

台灯亮了最后一下。

“嗯。”

图书在版编目（CIP）数据

阿温 / 肖燕著 ; 黄千惠绘. -- 上海 : 上海文艺出版社, 2021.8
ISBN 978-7-5321-7963-3
Ⅰ.①阿… Ⅱ.①肖… ②黄… Ⅲ.①长篇小说 – 中国 – 当代
Ⅳ.①I247.5
中国版本图书馆CIP数据核字(2021)第117027号

发 行 人：毕　胜
责任编辑：毛静彦
装帧设计：钱　祯

书　　名：阿　温
作　　者：肖　燕 黄千惠
出　　版：上海世纪出版集团　上海文艺出版社
地　　址：上海市绍兴路7号　200020
发　　行：上海文艺出版社发行中心
　　　　　上海市绍兴路50号　200020　www.ewen.co
印　　刷：苏州市越洋印刷有限公司
开　　本：889×1194　1/32
印　　张：7.875
插　　页：5
字　　数：80,000
印　　次：2021年8月第1版　2021年8月第1次印刷
I S B N：978-7-5321-7963-3/I.6315
定　　价：45.00元
告 读 者：如发现本书有质量问题请与印刷厂质量科联系　T: 0512-68180628